भारतीय
ज्ञानपीठ

भीड़ में

(कहानी-संग्रह)

भीड़ में

रूप सिंह चन्देल

भारतीय ज्ञानपीठ

लोकोदय ग्रन्थमाला : ग्रन्थांक 1142
ग्रन्थमाला सम्पादक
रवीन्द्र कालिया
सह-सम्पादक
गुलाबचन्द्र जैन

भीड़ में

(कहानी-संग्रह)

रूपसिंह चन्देल

प्रथम संस्करण : 2012
मूल्य : 130 रुपये

ISBN 978-93-263-5028-0

प्रकाशक : **भारतीय ज्ञानपीठ**
18, इन्स्टीट्यूशनल एरिया, लोदी रोड, नयी दिल्ली-110 003

मुद्रक : चार दिशाएँ, नोएडा — 201301(उ.प्र.)

आवरण : मनोज कचंगल

साज-सज्जा : ज्ञानपीठ कला प्रभाग

BHEED MEIN
(Hindi Short stories)
by Roop Singh Chandel

Published by : **Bharatiya Jnanpith**
18, Institutional Area, Lodi Road, New Delhi-110 003

e-mail : jnanpith@satyam.net.in, sales@jnanpith.net
website : www.jnanpith.net

First Edition : 2012
Price : Rs.130

अनुक्रम

वह चेहरा

मध्य दिसम्बर का एक दिन। सुबह की खिली-खिली धूप और लॉन में पड़ी बेंचें। बेंचों पर बैठे कई चेहरे...धूप में नहाए चेहरे...धूप सेंकते चेहरे। खिड़की का पर्दा उन्होंने थोड़ा-सा खिसका दिया था, जिससे लॉन का दृश्य स्पष्ट दिख रहा था। उनकी नजर एक चेहरे पर टिक गयी और वह गौर से उसे देखते रहे। चेहरे पर उम्र की लकीरें स्पष्ट थीं। उन्होंने कुर्सी एक ओर खिसकाई और खिड़की पर जा खड़े हुए...निर्निमेष उस चेहरे को देखते हुए।

"वही हैं...लेकिन यहाँ क्यों?" मस्तिष्क में तरंगें दौड़ने लगीं। कुछ क्षण खिड़की पर खड़े रहकर वह कमरे में टहलने लगे सोचते हुए, "मैं कैसे भूल सकता हूँ उस चेहरे को...ढल गया है...ढलना ही था। पचास से अधिक सालों की लम्बी यात्रा...पचीस साल जैसा कौन रहता है! शरीर में स्थूलता भी है...अपने को देखो तपिश...तुम क्या उतने ही स्लिम-ट्रिम हो...बढ़ती उम्र में सभी के आकार-प्रकार चेहरे बदलते ही हैं..."

वह एक बार पुनः खिड़की के पास जा खड़े हुए और देखने लगे। इस समय वह चेहरा किसी युवती से बातें कर रहा था...युवती, जो पचीस-छब्बीस के आसपास थी...उस चेहरे से मिलता—साँवला चेहरा, नाक नुकीली, होठ पतले और आँखें छोटी। लम्बाई भी उतनी ही...वह भी तो उस युवती जितनी लम्बी थी, लेकिन तब उनके नितम्ब छूते बाल थे, जैसे कि उस युवती के हैं, लेकिन अब वह बॉब्ड थी।

"निश्चित ही यह वही है..." वह अपनी टेबल के चारों ओर कमरे में कुछ क्षण तक टहलते रहे, क्या उन्हें मेरे बारे में जानकारी नहीं? या उनकी स्मृतिपटल से मेरा नाम सदा के लिए मिट चुका है, लेकिन ऐसा सम्भव नहीं। हम दो बार मिले थे...कितने ही पत्र लिखे थे एक-दूसरे को। वह पुनः खिड़की के पास जा खड़े हुए, "यह मेरा भ्रम नहीं...यह वही हैं।" दरवाजे पर दस्तक हुई।

''कम इन'' वह तेजी से पलटे और कुर्सी की ओर ऐसे बढ़ मानो चोरी करते हुए पकड़े जाने का भय था।

कॉलेज के हिन्दी विभागाध्यक्ष डॉ. प्रवीण राय ने आहिस्ता से प्रवेश किया।

''यस प्रवीण...इज एवरीथिंग फाइन''

''जी सर। एक्सपर्ट्स डॉ. श्रेयांष तिवारी और डॉ. निकिता आ गये हैं।''

''और हेड साहब...डॉ. सच्चिदानंद पांडे?''

डॉ. सच्चिदानंद पांडे विश्वविद्यालय में हिन्दी विभागाध्यक्ष थे और विश्वविद्यालय या विश्वविद्यालय के किसी भी कॉलेज में शिक्षक के किसी भी पद के साक्षात्कार में उनका होना अनिवार्य था। यह विश्वविद्यालय का नियम था।

''उनके पी.ए. का फोन आया था सर कि वह कुछ देर पहले ही कार्यालय से निकले हैं...उन्हें पहुँचने में कम-से-कम आधा घंटा का समय लगेगा।''

''हँहु...'' कुछ सोचने के बाद वह बोले, ''हेड साहब के आने तक प्रतीक्षा करना होगा...डॉ. तिवारी और डॉ. निकिता सिंह को मेरे यहाँ ले आओ...''

''सर मैंने पहले ही उन्हें आपके यहाँ के लिए कहा था, लेकिन दोनों सीधे गेस्ट रूम में जाते हुए बोले कि वहाँ उन्हें कोई कष्ट नहीं...''

''ओ. के. ...'' प्रवीण राय को सामने कुर्सी पर बैठने का इशारा करते हुए वह बैठ गए और बोले, ''इन दोनों की जोड़ी जहाँ भी जाती है अपने कंडीडेट के लिए दबाव बनाती है...'' क्षणभर चुप रहे, ''दरअसल हेड साहब सीधे व्यक्ति हैं...वह सब कुछ जानते हैं, लेकिन नहीं मालूम कि किन कारणों से प्रायः इन दोनों को एक साथ विशेषज्ञ के रूप में रिकमेंड कर देते हैं।''

''सर, मुझे जहाँ तक जानकारी है...जब भी डॉ० तिवारी से पूछा जाता है विशेषज्ञ के रूप में किसी कॉलेज में जाने के लिए उनकी शर्त होती है कि उनके साथ दूसरा विशेषज्ञ डॉ. निकिता सिंह होंगी। विश्वविद्यालय में उनके खिलाफ जाने की शक्ति किसी में भी नहीं है, हिन्दी के प्रतिष्ठित आलोचक हैं...सत्ता में पैठ है और वी.सी. भी उन्हें मानते हैं।''

वह मुस्कराते रहे।

''सर, निकिता सिंह का कोई छात्र है...सुना है...उनके अंडर में पी-एच.डी. कर रहा है और 'नेट' भी उत्तीर्ण है...हो सकता है...''

उन्होंने प्रवीण की बात आधी-अधूरी सुनी। उस क्षण उनकी नजरें खिड़की से बाहर बेंच पर अखबार पर झुके उस चेहरे पर टिकी हुई थीं, युवती अब वहाँ नहीं थी।

'युवती भी शायद अभ्यर्थी है।' उन्होंने सोचा।

''सर, फिर...'' प्रवीण के टोकने से वह अचकचा गये।

''हुँ...यह हो सकता है, लेकिन डॉ. तिवारी दो अपने रखते हैं तब कहीं एक वेकेन्सी निकिता सिंह को देते हैं।''

''सर।''

''प्राय: महिला अभ्यर्थी ही उनकी कंडीडेट होती हैं। उनके अंडर में पी-एच.डी. करने वाली सभी लड़कियाँ ही हैं...एकदम समाजवादी हैं डॉ. तिवारी। निकिता ने भी उनके अधीन पी-एच.डी. की थी...उनके आलोचक इसे उनकी कमजोरी मानते हैं तो मानते रहें।'' चुप होकर प्रवीण की ओर देखने के बाद वह खिड़की से बाहर लॉन की ओर देखने लगे। वह चेहरा उन्हें वहाँ नजर नहीं आया। 'कहाँ गयी?' क्षणांश के लिए वह विचलित हुए, लेकिन तभी सामने बैठे उनकी ओर ताकते प्रवीण पर दृष्टि डाली और बोले, ''लेकिन हम क्या करें प्रवीण?''

''क्या सर?''

''आपको बताया था...मिनिस्ट्री से आए फोन के बारे में...मंत्री जी किसी निरंजन प्रसाद में इंटरेस्टेड हैं ... मंत्री जी के मुँह लगे ज्वाइंट सेक्रेटरी का फोन था। दोनों ही बिहार के हैं। जे.एस. ने संकेत में यह भी कहा था कि निरंजन मंत्री जी का दूर का रिश्तेदार है...''

''सर, हमें डॉ. तिवारी से पहले ही बात कर लेनी चाहिए और अपनी समस्या डॉ. पांडे को भी बता देनी चाहिए।''

''प्रवीण, आप जानते हैं कि डॉ. तिवारी का कंडीडेट नहीं तो किसी का नहीं...उन पर मंत्री-वंत्री का प्रभाव नहीं पड़ने वाला...''

''सर, वेकेन्सी भी एक ही है...एडहॉक भी नहीं...वर्ना डॉ. तिवारी के लिए एडहॉक का ऑफर दे सकते थे।''

''प्रवीण।'' वह कुछ गम्भीर हो उठे, ''आपको नहीं लगता कि यह सब

कितना अनफेयर है...मंत्री के कंडीडेट की बात हो या डॉ. निकिता की या किसी अन्य के कंडीडेट की...जो अभ्यर्थी दूर से आते हैं और कितनी ही बार उन्हें दूर शहरों में असफल साक्षात्कार के लिए जाना होता है...उनके विषय में सोचो। अधिकांश बेकार और साधारण हैसियत के युवक...ये तिवारी या मंत्री जैसे घड़ियाल उनकी नौकरियाँ निगल जाते हैं...'' उनका चेहरा लाल हो उठा।

''सर।'' प्रवीण ने चुप रहना ही उचित समझा क्योंकि वह स्वयं भी सिफारिश से नियुक्त हुआ था, लेकिन वह जानता था कि उनके सामने बैठे डॉ. तपिश ...उसके प्राचार्य एक मेरीटोरियस व्यक्ति थे और उन्होंने सिफारिश से नहीं अपनी योग्यता से प्राध्यापकी पाई थी और विश्वविद्यालय-कॉलेज की राजनीति के बावजूद वह इस पद पर पहुँचे थे।

''डॉ. तिवारी और डॉ. निकिता सिंह के लिए जलपान की व्यवस्था...'' अपनी बात अधूरी छोड़ दी उन्होंने।

''डॉ. अनिरुद्ध शुक्ल उनकी सेवा में हैं।'' प्रवीण बोले।

''ओ.के....'' उन्होंने पुन: लॉन की ओर देखा। बेंचों पर बैठे अन्य लोग भी इधर-उधर जा चुके थे...केवल एक वृद्ध पुरुष को छोड़कर।

''डॉ० पांडे के आते ही मुझे सूचित करना। उनके आते ही इंटरव्यू प्रारम्भ कर देना है...तब तक आप डॉ. तिवारी और डॉ. निकिता सिंह का खयाल रखें...'' वह पुन: कुर्सी से उठ खड़े हुए और कमरे में टहलने लगे।

''लोग रिसेप्शन में बैठे होंगे...धूप में गर्मी बढ़ गयी होगी। मुझे रिसेप्शन की ओर जाना चाहिए।''

''लेकिन क्यों?''

''शायद वह वहाँ मिल जाएँ।''

''मिल भी जाती हैं तो क्या तुम उनसे बात कर सकते हो इस समय। वह लड़की उनकी बेटी होगी...यह तो अनुमान लग ही गया है। एक अभ्यर्थी की माँ से बात करना...तपिश तुम प्राचार्य हो इस कॉलेज के...''

''प्राचार्य क्या इंसान नहीं! उसके परिचितों के बच्चे साक्षात्कार में नहीं बैठ सकते? बात कर लेने से ही मैं उनकी लड़की का फेवर करने लगूँगा? मुझे उस लड़की का नाम भी मालूम नहीं...जबकि मंत्री जी की तोप इन्हीं बच्चों के बीच कहीं समायी होगी...तिवारी और निकिता सिंह की गन भी होगी कहीं...इंटरव्यू

करने उधर से जाते हुए मैं उन्हें भलीभाँति देख सकूँगा...जरूरी नहीं कि मानसी ही हो...हो भी तो वह मुझे पहचान लेंगी यह आवश्यक नहीं है।''

''फिर तुम उधर से जाना ही क्यों चाहते हो?'' अन्दर से आवाज आई। ''पहचान लिए जाने के लिए ही न! लेकिन क्या बात मात्र इतनी ही है! क्या यह सच नहीं कि उनके पहचानने से तुम्हारा आहत स्वाभिमान सन्तुष्ट होगा। तुम उन्हें यह अहसास नहीं करवाना चाहते कि तुम इस कॉलेज के प्रिंसिपल हो?''

''नहीं, ऐसा नहीं है...इतनी पुरानी बात...तीस साल पुरानी...मैं तो भूल ही गया था...''

''नहीं तपिश...तुम उसे एक दिन...बल्कि एक पल के लिए भी नहीं भूले...भूल सकते भी नहीं थे...'' वह पुनः खिड़की पर खड़े हो गये और बाहर देखने लगे। लॉन की एक बेंच पर वही अकेला वृद्ध व्यक्ति बैठा था और बेंच से कुछ हटकर एक कुत्ता अपना पेट, टाँगें और मुँह ऊपर उठाए पीठ के बल निश्चल लेटा हुआ था। तभी दरवाजे पर नॉक हुआ।

''यस!'' वह पलटे।

''सर, हेड साहब आ गये हैं...सीधे कॉन्फ्रेंस रूम में...आप भी...''

''ओ.के.'' अभ्यर्थियों के नामों का फोल्डर टेबल से उठा वह डॉ. प्रवीण के पीछे हो लिए थे।

उन दिनों वह दिल्ली में विदेश मंत्रालय में अनुवादक थे। अपने को पी-एच.डी के लिए पंजीकृत करवाने में दो बार असफल हो चुके थे। यह उन दिनों की बात है जब दूसरी बार विश्वविद्यालय ने उनके शोध विषय को खारिज किया था। वह परेशान थे और यह बात मानसी को बताना चाहते थे। बताना इसलिए चाहते थे क्योंकि पिछली मुलाकात में मानसी ने पहले विषय के खारिज होने के कारणों पर गहरी रुचि प्रदर्शित की थी और उसके हर प्रश्न के उत्तर में उन्होंने एक ही बात कही थी कि विश्वविद्यालय ने विषय के खारिज होने का कोई कारण उन्हें नहीं बताया...केवल सूचना भेजी थी। मानसी उद्विग्न थी और तब उन्होंने अनुभव किया था कि उनके शोध से शायद उसकी भविष्य की आकांक्षाएँ जुड़ी हुई थीं। लेकिन 'सम्भव है यह मेरी अपनी सोच हो...वह ऐसा न सोचती हो।' उन्होंने सोचा था। 'यदि शोध नहीं कर सके और प्राध्यापक नहीं बन पाए तो क्या। जो नौकरी वह कर रहे हैं...उसका भविष्य प्राध्यापक जितना आकर्षक न सही, लेकिन बुरा भी नहीं। डिप्टी डायरेक्टर तो वह बन ही जाएँगे।''

"लेकिन मानसी को बताना आवश्यक है। पिछले एक वर्ष से कभी एक बहाने तो कभी दूसरे वह शादी टालती जा रही थी। वह दूरदर्शन में प्रोग्राम एक्जीक्यूटिव थी और प्रारम्भ में उसका बहाना था कि वह दिल्ली में थे और दिल्ली में उसका स्थानान्तरण कठिन था क्योंकि वहाँ पहले से ही अतिरिक्त प्रोग्राम एक्जीक्यूटिव्स बैठे हुए थे, जबकि उनका लखनऊ स्थानान्तरण सम्भव नहीं था। मानसी के स्थानान्तरण के विषय में वह कमलेश्वर जी से मिले थे। कमलेश्वर जी उन्हीं दिनों दूरदर्शन में अतिरिक्त महानिदेशक के पद पर नियुक्त हुए थे। मुस्कराते हुए कमलेश्वर जी ने कहा था, "तपिश जी...यह बड़ा काम नहीं है। शादी करो...स्थानान्तरण की जिम्मेदारी मेरी।" कमलेश्वर जी ने उनकी आँखों में देखा, फिर मुस्कराए...एक मीठी मुस्कान और बोले थे, "भाई, पता कर लो...आपकी मंगेतर की कोई दूसरी समस्या तो नहीं..."

"ऐसा नहीं लगता सर...उसे दोनों के अलग-अलग शहरों में रहने का भय ही सता रहा लगता है।"

"उन्हें बता दो कि मैंने आश्वस्त किया है..."

कमलेश्वर जी की बात बताने के बाद मानसी ने खत में लिखा, "तपिश, आपने पहले यह क्यों नहीं बताया था...अब एक साल के लिए मैं बँध गयी हूँ। मैंने यहाँ विश्वविद्यालय में मार्निंग शिफ्ट में उर्दू सर्टिफिकेट कोर्स में प्रवेश ले लिया है। एक जमाने से मैं उर्दू सीखना चाहती रही हूँ...एक वर्ष की ही बात है...कमलेश्वर जी तो अभी आए ही हैं...अभी रहेंगे ही...भले ही आई.ए.एस. लॉबी उनके खिलाफ है...तो क्या आप एक वर्ष रुक नहीं सकते?"

"मैं तो रुका हुआ हूँ ही...लेकिन मेरे घरवाले...उनका धैर्य चुका जा रहा है।" उन्होंने मानसी को लिखा था।

"मैंने अपने डैडी से बात की है। वह आपके डैडी को मेरी समस्या से अवगत करवा देंगे।" मानसी ने इस पत्र में आगे लिखा, "समय निकालकर आकर मिल लें...पत्रों में बातें हो नहीं पातीं।"

"कोशिश करूँगा।" उन्होंने उसे लिख तो दिया था, लेकिन लखनऊ जाने का प्रयास नहीं किया और न ही मानसी का उसके बाद कोई पत्र आया। शोध के अपने नये विषय की तैयारी और रूपरेखा प्रस्तुत करने की चिन्ता में वह इतना डूबे कि वह उसे पुनः पत्र लिख नहीं पाए। इस बार विषय प्रस्तुत करते ही निर्णायक समिति की बैठक हुई और उनका विषय पुनः खारिज कर दिया गया। विश्वविद्यालय का पत्र थामे वह कितनी ही देर तक यह सोचते रहे थे कि उन्हें मानसी को यह सूचना देना ही चाहिए। और उन्होंने उसे अन्तर्देशीय पत्र लिख

दिया था।

पन्द्रह दिन के अन्दर ही उत्तर आया, "आपका मिलना आवश्यक है। जितनी जल्दी सम्भव हो..."

उन्होंने उसके ऑफिस के पते पर पत्र लिख दिया कि वह अमुक तिथि को अमुक ट्रेन से लखनऊ पहुँचेंगे...सुबह दस बजे उसके कार्यालय में मिलेंगे।"

"कार्यालय नहीं...इंडियन कॉफी हाउस...ग्यारह बजे...मेरे कार्यालय के निकट ही है...सुबह ग्यारह बजे...मिस नहीं करेंगे।" मानसी ने तुरन्त लिख भेजा था।

निश्चित तिथि को ठीक ग्यारह बजे सुबह वह कॉफी हाउस में थे। पाँच मिनट ही हुए थे उन्हें वहाँ पहुँचे कि उन्होंने एक युवक के साथ सड़क पार करते हुए मानसी को देखा। टेबल पर बैठने के लिए उन्होंने कुर्सी को हाथ लगाया ही था कि रुक गये और बाहर निकल आए। उनकी दृष्टि युवक पर टिकी हुई थी, मानसी जिससे हँसकर कुछ कह रही थी। युवक लम्बा...पाँच फीट आठ इंच के लगभग...स्लिम...गोरा...एक वाक्य में...सुन्दर था।

"ऑफिस का कोई कलीग होगा।" उन्होंने सोचा, "कहीं जा रहा होगा।"

लेकिन युवक कहीं नहीं गया। मानसी के साथ रहा। मानसी ने दूर से ही उन्हें देख लिया था और उनकी ओर हाथ का इशारा कर कुछ कहा। उन्होंने मानसी के संकेत के बाद युवक को हँसते देखा था।

"सॉरी...मैं दस मिनट लेट हूँ।" उनके निकट पहुँच मानसी बोली।

वह चुप रहे...उनकी नजरें युवक पर गड़ी थीं।

"ओह!" मानसी ने उनके भाव पढ़ लिए, "यह हैं मनीष तिवारी... आकाशवाणी में हैं...प्रोग्रैम..."

"एक्ज्यूक्यूटिव..." मानसी से शेष शब्द मनीष तिवारी ने झटक लिया और उनकी ओर हाथ बढ़ा बोला, "आपसे मिलकर प्रसन्नता हुई।"

"थैंक्स।" मन्द स्वर में वह बोले थे।

"मैं चलता हूँ मानसी...आफ्टरनून आकर केस डिस्कस कर लूँगा...नो हरी..."

"अरे यार...ऐसी भी क्या जल्दी है! तपिश जी क्या सोचेंगे? एक कप कॉफी पीकर चले जाना।"

मनीष की ओर देख मुस्कराती हुई मानसी बोली, "अरे हम लोग यहीं खड़े रहेंगे या बैठेंगे भी..."

''हाँ...हाँ...क्यों नहीं...'' और वह अन्दर की ओर मुड़ गये तो मानसी और मनीष भी उनके पीछे हो लिए थे। जिस मेज पर वह बैठने जा रहे थे...वह अभी भी खाली थी।

बैठने के बाद उनके बीच देर तक चुप्पी पसरी रही। चुप्पी को ताड़ती हुई मानसी ने पूछा, ''कॉफी लेंगे?''

''कॉफी हाउस में बैठे हैं तो वह तो लेना ही है...इस मुलाकात को यादगार भी तो बनाना है।'' उन्हें अपनी बात अटपटी लगी, लेकिन बात जुबान से रपट चुकी थी। सँभालने का प्रयत्न करते हुए उन्होंने तत्काल जोड़ा, ''मनीष जी का साथ होने से इसे यादगार मुलाकात ही कहूँगा।''

मनीष के चेहरे पर मुस्कान तिर गयी।

''हाँ, यह है। मनीष बहुत व्यस्त रहते हैं...कभी पकड़ में नहीं आते। आकाशवाणी की नौकरी...नाटक लिखते हैं...इनकी कई स्क्रिप्ट पर दूरदर्शन और आकाशवाणी ने नाटक तैयार किए हैं।''

''हुँ।'' उन्होंने मनीष की ओर पुनः हाथ बढ़ाया, ''मेरा सौभाग्य। आप जैसे कलाकार से मुलाकात का श्रेय मानसी जी को...इनका भी आभार।''

''मानसी कुछ अधिक ही प्रशंसा कर रही हैं सर! बस यूँ ही कुछ उल्टा-सीधा लिख लेता हूँ।''

''तपिश जी...ये संकोच करते हैं...''

''हर बड़ा कलाकार अपने बारे में बताने या बताए जाने पर संकोच प्रकट करता है। बड़प्पन की यही निशानी है।'' वह अब पूरी तरह खिल चुके थे।

''यू आर राइट तपिश जी...मनीष जीनियस हैं, लेकिन मैं जब कहती हूँ तो यह चिड़चिड़ा जाते हैं।''

उन्होंने देखा अपने को 'जीनियस' कहे जाने पर मनीष का चेहरा खिल उठा था। वह चुप रहे। कुछ देर बाद मनीष बोला, ''मानसी की ज़र्रानवाज़ी सर...लेकिन आप मुझे लेकर कोई गलतफहमी नहीं पालेंगे...मुझ जैसे कलाकार-लेखक गली-कूचों में एक खोजेंगे—अनेक मिल जाएँगे...''

''आपने देखा इनकी विनम्रता।'' तपिश की ओर देखते हुए मानसी बोली।

वह तब भी चुप रहे।

''यार मनीष, कुछ और तारीफ तभी करूँगी...जब कुछ पी लूँगी।'' मानसी बोली।

''बेयरे को आवाज दो...दो चक्कर काट गया और हम लोग बातों में लगे रहे।''

"जाकर ऑर्डर कर आता हूँ।" मनीष जाने के लिए उठा, दो कदम बेयरे की ओर बढ़ा, फिर रुककर उनसे पूछा, "तपिश जी कुछ और लेंगे।"

"नो थैंक्स।"

कॉफी पीकर मनीष तिवारी चला गया।

"तपिश जी, आपको कहीं कोई दूसरा काम है?" मानसी ने पूछा।

वह अचकचा गये। सोचने लगे, "इसने मुझे बुलाया और अब पूछ रही है कि..."

कोई उत्तर दिए बिना वह मानसी की ओर देखने लगे थे।

"सॉरी, मैंने यूँ ही पूछा। कभी-कभी ऐसा होता है...लेकिन..." आगे कुछ न बोल वह कभी बेयरे की ओर देखती और कभी गेट की ओर।

तपिश को लगा कि शायद उसने किसी और को भी बुलाया हुआ है। कुछ देर की चुप्पी के बाद उन्होंने पूछ लिया, "किसी को आना है?"

"नहीं...कौन आएगा?" मानसी फिर चुप थी और लगातार गेट की ओर देखती जा रही थी। तपिश भी उधर ही देखने लगे। तभी बेयरा आ गया।

मानसी का ध्यान गेट की ओर होने का लाभ उठा तपिश ने कॉफी के पैसे बेयरे को दे दिए।

"आपने क्यों दिए?"

"मुझे नहीं देना चाहिए था?"

"मेरा यह मतलब नहीं..."

"अगर आपको किसी की प्रतीक्षा नहीं तो हम उठें...डेढ़ घंटा हो चुका है..."

"हाँ...आँ....लेकिन हमें अभी बूढ़ा होने में बहुत वक्त हैं।"

मानसी मुस्करा दी। उन्होंने ध्यान दिया, उसकी मुस्कराहट में उत्साह-प्रफुल्लता नहीं थी।

उठ खड़े होते हुए उन्होंने पूछा, "आपके पास अभी और कितना वक्त है...?"

"लंच तक आपके साथ रह सकती हूँ..."

बाहर फुटपाथ पर पहुँच वह बोले, "फिर हम क्यों न हजरतगंज में चहल-कदमी करते हुए बातें करें..."

"जी...श्योर..."

दो बजे तक मानसी उनके साथ हजरतगंज में एक छोर से दूसरे छोर तक उलट-फेर कर टहलती रही। उन्हें आश्चर्य था कि जिस उद्देश्य से उसने उन्हें तुरन्त आ जाने का आग्रह किया था उस पर चर्चा करने से वह बचती रही। उन्होंने जब अपने शोध विषय के निरस्त होने की चर्चा छेड़ी...उसने केवल, "ऐसा होता है...वह कोई मुद्दा नहीं।"

"फिर मुद्दा क्या है?"

"मुद्दा...कुछ है ही नहीं।"

"फिर...?"

"आपको लिखा था कि मैंने उर्दू कोर्स ज्वाइन किया है...उसे पूरा कर लेना चाहती हूँ।"

"यह कोई आई.ए.एस., पी.सी.एस. जैसी तैयारी तो नहीं।" वह बोले। उनका स्वर कुछ ऊँचा था।

"आप इतनी उतावली क्यों दिखा रहे हैं?" मानसी के स्वर में चिड़चिड़ाहट थी।

वह हतप्रभ थे। कारण वह पहले ही बता चुके थे। चुप रहे।

मैं समझती हूँ...रुकना हमारे हित में है। आपको शोध के लिए पंजीकृत होने में सुविधा रहेगी...तब तक कुछ काम भी कर डालेंगे...मैं भी उर्दू में कुछ कर लेना चाहती हूँ..."

"हुँह..." सामने से आ रहे व्यक्ति से उन्होंने अपने को बचाया।

"क्या आप नहीं चाहते कि आप जैसे प्रतिभाशाली युवक का स्थान किसी डिग्री कॉलेज या विश्वविद्यालय में हो...बुरा नहीं मानेंगे...आपने बताया था कि अच्छे अंकों से आपने प्रथम श्रेणी पाई थी एम.ए. में।"

"जी।"

"फिर अनुवाद में प्रतिभा का क्षरण क्यों...?"

वह निरुत्तर रहे।

"अरे दो बज रहे हैं? ढाई से मेरे एक कार्य का लाइव टेलीकास्ट है...मैं चलूँ?"

"श्योर।" उदासीन स्वर में वह बोले थे।

मानसी ने बाय किया और तेजी से दूरदर्शन केन्द्र की ओर लपक गयी। वह देर तक खड़े उसे जाता देखते रहे थे। मानसी तो चली गयी थी, लेकिन उनके अन्दर एक उद्वेलन छोड़ गयी थी...उन्होंने रिक्शा पकड़ा और होटल लौट गये थे।

उनके पिता पारम्परिक सोच के थे और अपनी बढ़ती उम्र से चिन्तित। एक दिन वह दिल्ली आ पहुँचे और उन्हें धमकाने के अन्दाज में बोले, ''तपिश, मैं उस रिश्ते को तोड़ने जा रहा हूँ...हद ही हो गयी। तय हुए डेढ़ साल से ऊपर हो चुका है...उनके बहानों का अन्त ही नहीं...मुझे तो दाल में कुछ काला नजर आ रहा है।''

''क्या?'' धीमे स्वर में उन्होंने पूछा।

''यही कि वे लोग किसी आई.ए.एस.-पी.सी.एस. के चक्कर में हैं। वहाँ से उन्हें स्पष्ट उत्तर नहीं मिल रहा होगा...और तुम्हें उन्होंने स्थानापन्न के रूप में रखा हुआ है।''

''मैं भी जल्दी में नहीं हूँ।'' उन्होंने उत्तर दिया था।

''तुम्हें जल्दी क्यों होगी? तुम्हारी छोटी बहन छब्बीस की हो रही है...तुम्हें यह पता नहीं होगा...? लेकिन मुझे उसकी चिन्ता भी करनी है।''

''डैडी...आप विपाशा की शादी की चिन्ता करें...मैं फिलहाल शोध की चिन्ता करूँगा।''

''शोध-वोध...शादी के बाद भी होता रहेगा।''

''रजिस्ट्रेशन होने तक मेरे मामले को स्थगित कर देंगे तो मेरे हित में होगा।'' उनके स्वर की निरीहता ने शायद पिता को सोचने के लिए विवश किया था। हथियार डालते हुए वह मरे-से स्वर में बोले थे, ''तपिश, शादी की भी एक उम्र होती है...उसके बाद फिर समझौते ही होते हैं।''

वह चुप रहे थे।

पिता गये तो वह शोध के लिए नये विषय के पंजीकरण की तैयारी में लग गये थे।

तीसरी बार शोध निर्णायक मंडल की बैठक छः माह बाद हुई। उस बार उनका विषय पंजीकरण के लिए स्वीकृत हो गया था। जिस दिन यह बताने के लिए दफ्तर में उनके गाइड का फोन आया उसी दिन शाम घर पहुँचने पर डाक से आया उन्हें एक निमन्त्रण पत्र मिला, जिस पर नजर पड़ते ही वह चौंके थे। उस पर मानसी और मनीष के नाम लिखे थे। कार्ड खोलने का मन न होते हुए भी उन्होंने उसे खोला...पढ़ा और एक ओर खिसका दिया। उसके दसवें दिन उन

दोनों का विवाह होना था। देर तक वह किंकर्तव्यविमूढ़-से सोफे पर अधलेटे से बैठे रहे थे। पिछली मुलाकात के दृश्य तेजी से उनकी आँखों के सामने घूमते रहे थे।

''मानसी ने उन्हें केवल मनीष से मिलवाने के लिए बुलाया था...वह शायद इस विषय में बताना चाहती थी...फिर कहा क्यों नहीं...'' वह सोच रहे थे, ''कहना आवश्यक था? यदि तुममें समझने की क्षमता ही नहीं तब कहकर भी क्या समझ लेते? उसके परिवारवालों को भी इस बारे में जानकारी रही होगी। वे मनीष और उसके प्रेम सम्बन्धों के कारण उलझन में रहे होंगे। लेकिन मानसी ने उचित ही किया। यदि अपने परिवार के दबाव में वह उनसे विवाह कर भी लेती तो भी क्या वह मनीष को भूल जाती! तब क्या स्थिति बनती...नहीं उसने उचित कदम उठाया...'' मुझे उसे बधाई देनी चाहिए।

और अगले दिन उन्होंने मानसी को बधाई का टेलीग्राम भेज दिया था। उसके बाद जीवन कुछ यूँ बदला कि उन्हें पता ही नहीं चला, वह निरन्तर सफलताओं के सोपान चढ़ते रहे...पी-एच.डी. सम्पन्न होने से पहले ही उस कॉलेज में प्राध्यापक नियुक्त हुए...और आज वह उस कॉलेज में ही प्राचार्य थे। उन्होंने पीछे मुड़कर नहीं देखा...वक्त भी नहीं था देखने का...वक्त शादी करने के लिए भी नहीं निकाल सके...काम-शोध...और उसी दौरान दो वर्षों के लिए वह हिमाचल विश्वविद्यालय के वी.सी. भी रहे...केवल दो वर्षों के लिए...दो वर्षों बाद पुनः अपने पद पर वापस लौटे। उन्हें कभी किसी की कमी खटकी भी नहीं। अपने अधीनस्थों और विद्यार्थियों को अपना परिवार समझा और सभी के लिए दरवाजे खुले रखे। आज वह दिल्ली के सर्वाधिक प्रतिष्ठित प्राचार्य के रूप में जाने जाते हैं।

लेकिन मानसी उन्हें कभी याद नहीं आई ऐसा नहीं था। काम के बीच कभी अचानक खाली होते तो सोच लेते...मानसी उनके जीवन में आई पहली और अन्तिम लड़की थी...भले ही उसके पिता ने उसे खोजा था और बाकायदा उनकी 'रिंग' सेरेमनी हुई थी। उसके बाद वह उससे दो बार ही मिले थे...कुछ पत्राचार हुआ था...तब वह उनके साथ होती थी...लेकिन जब सब समाप्त हुआ उन्होंने अपने को इतना समेटा कि मानसी भूले-भटके कभी उनके मानस पटल पर विचरण कर जाती और तब वह—''आपने उचित निर्णय लिया था मानसी'' अपने को उसकी स्मृति से मुक्त कर लेते, लेकिन उसके जाते-जाते यह भी कहते, ''यदि आपने वह निर्णय न किया होता मानसी तो मैं आज जो कुछ हूँ वह नहीं होता।''

साक्षात्कार प्रारम्भ होने से पूर्व उन्होंने अभ्यर्थियों के नामों पर दृष्टि डाली और अभीप्सा तिवारी, लखनऊ पर अटक गये, सब कुछ उलटता-पलटता नजर आया। हर अभ्यर्थी को जानकारी होती है कि जिस कॉलेज में वह साक्षात्कार के लिए जा रहा है वहाँ का प्राचार्य, विभागाध्यक्ष और विश्वविद्यालय का विभागाध्यक्ष कौन है। अभीप्सा यदि मानसी की बेटी है तब मानसी को भी ज्ञात होगा, फिर उसने मुझे एप्रोच क्यों नहीं किया? करती तो क्या तुम उसके लिए कुछ कर देते! डॉ. तिवारी और डॉ. निकिता और मंत्रालय...क्या वह इतना आसान होता।' उन्होंने सोचा, 'आवश्यक नहीं मानसी को पता ही हो...मेरे नाम के कितने ही लोग हो सकते हैं। फिर उसने तो यही सोचा होगा कि मैं सरकारी बाबू था...आज भी कुछ पदोन्नतियों के बाद वहीं होऊँगा...' क्षणांश के लिए रुककर पुनः सोचा, 'यह भी सम्भव है वह मानसी हो ही न...'

वह कुछ और सोचते कि अभ्यर्थियों को बुलाए जाने के लिए प्रवीण ने पूछा और उनसे पहले डॉ. पांडे ने सिर हिलाकर अनुमति दे दी।

अभीप्सा तिवारी को जब बुलाया गया तब वह कुछ विचलित हुए। एक बार उनके मन में आया कि वह उससे कुछ न पूछकर केवल उसके पैरेंट्स के विषय में पूछें, लेकिन तत्काल अन्दर से अवाज आई, "डॉ. तपिश...क्या मूर्खतापूर्ण बात सोचने लगे...इतना भावुक होकर अपने पद की गरिमा क्यों घटाने पर तुले हुए हो?"

अभीप्सा ने चयन बोर्ड के सभी सदस्यों के प्रश्नों के उत्तर दिए और सही-बेहिचक। लखनऊ विश्वविद्यालय से उसने प्रथम श्रेणी में एम.ए. किया था, नेट उत्तीर्ण थी और पी-एच.डी. कर रही थी। अभीप्सा एक हलचल थी उनके अन्दर। उसके अतिरिक्त दो अभ्यर्थी और भी थे जिन्होंने सभी के प्रश्नों के सही उत्तर दिए थे। लेकिन उन दोनों के बजाय घूम-फिरकर उनके दिमाग में अभीप्सा की नियुक्ति घूम रही थी। "अभीप्सा ही क्यों?" मन के एक कोने से प्रश्न उठा, "दूसरे अभ्यर्थी इसी विश्वविद्यालय के छात्र हैं...उनमें कोई कमी भी नहीं है...फिर तपिश तुम अभीप्सा के बारे में ही क्यों सोच रहे हो! मानसी से जुड़ा अतीत तुम्हें परेशान कर रहा है?"

उन्होंने विश्वविद्यालय के विभागाध्यक्ष और डॉ. तिवारी की ओर दृष्टि डाली। डॉ. तिवारी साक्षात्कार समाप्त हो जाने के बाद डॉ. निकिता सिंह से फुसफुसाकर कुछ कह रहे थे और वह स्वीकृति में सिर हिला रही थी। कान्फ्रेन्स

रूम में सन्नाटा देर तक चहलकदमी करता रहा। बीच-बीच में कुछ कागजों की सरसराहट की आवाज हो जाती। तभी उन्होंने घंटी बजाई। वह सन्नाटे को तोड़ना चाहते थे। गेट पर तैनात चपरासी दौड़ता हुआ आया।

''चाय।''

''जी सर।'' चपरासी के मुड़ते ही वह बोले, ''किसके नाम पर विचार किया डॉ. तिवारी?'' उन्होंने विभागाध्यक्ष और डॉ. निकिता सिंह की ओर देखा।

''रंजना श्रीवास्तव...''

''डॉ. साहब रंजना आधे प्रश्नों के उत्तर ही नहीं दे पाई थी...'' डॉ. प्रवीण राय विनम्रतापूर्वक बोले।

उन्होंने पुनः विश्वविद्यालय विभागाध्यक्ष की ओर देखा। वह चुप थे।

''डॉ. प्रवीण ठीक कह रहे हैं।'' डॉ. शुक्ल की आवाज थी। डॉ. शुक्ल ने कुछ अधिक ही प्रश्न किए थे रंजना श्रीवास्तव से। उन्होंने उससे यह भी पूछा था कि पी-एच.डी. के उसके निर्देशक कौन थे! प्रश्न सुनकर पहले तो रंजना अचकचाई थी, फिर डॉ. तिवारी की ओर देखती रही थी। वे यह देखकर उलझन में थे कि वह उनकी ओर क्यों देख रही थी। जब डॉ. शुक्ल ने अपना प्रश्न दोहराते हुए कहा, ''रंजना श्रीवास्तव, आप डॉक्टर साहब की ओर क्यों देख रही हैं? मेरे प्रश्न का उत्तर दें।''

''जी, डॉक्टर साहब मेरे निर्देशक थे।'' डॉ. तिवारी की ओर इशारा करती हुई रंजना बोली थी।

अब वह समझ पा रहे थे कि डॉ. शुक्ल ने सोच-समझकर उस लड़की से वह प्रश्न किया था। शुक्ल को पहले से ही जानकारी रही होगी और बोर्ड के सभी सदस्यों को इस प्रकार वह इस बात से अवगत करवाना चाहते होंगे। शायद उन्हें यह भी जानकारी रही होगी कि डॉ. तिवारी रंजना श्रीवास्तव का ही चयन करना चाहेंगे।

अभीप्सा के नाम का प्रस्ताव करने का विचार उन्हें त्यागना पड़ा था, क्योंकि डॉ. तिवारी डॉ. शुक्ल पर बरस पड़े थे। प्रवीण शुक्ल के पक्ष में बोल रहे थे और उनके तर्क थे कि जब रंजना श्रीवास्तव से अच्छे और उससे अधिक योग्य अभ्यर्थी हैं तब उसका चयन क्यों किया जाए!

डॉ. तिवारी और निकिता सिंह रंजना के पक्ष में अड़ गये। लगभग दो घंटे तक बहस चलती रही। चाय के दो दौर समाप्त हो चुके थे। निष्कर्ष के लिए शुक्ल और प्रवीण उनकी और हेड की ओर देखने लगे थे। हेड ने पूरी तरह मौन धारण किया हुआ था। शायद उन्हें पहले से ही यह ज्ञात था कि तिवारी

अपने कंडीडेट के लिए सदैव की भाँति अड़ेंगे। तिवारी के आड़े आना उन्हें उचित नहीं लगा। उन्होंने चुप का विकल्प चुन लिया था। तपिश बहुत देर तक अपने प्राध्यापकों और डॉ. तिवारी के बीच छिड़ी बहस को सुनते रहे थे। उन्होंने विभागाध्यक्ष की ओर पुनः देखा। वह स्थितप्रज्ञ थे। अन्ततः उन्होंने कहा, "डॉ. तिवारी, रंजना इस कॉलेज के लिए उपयुक्त नहीं रहेगी...उसके बजाय आप किसी अन्य के नाम पर विचार करें तो अच्छा होगा।"

"मैं किसी और के नाम की संस्तुति नहीं करूँगा। यदि आप लोग करना भी चाहेंगे तो मैं हस्ताक्षर नहीं करूँगा।" डॉ. तिवारी ने उबलते हुए कहा।

"मैं भी नहीं करूँगी।" डॉ. निकिता सिंह के स्वर में भी उत्तेजना थी। और बोर्ड निरस्त कर दिया गया था।

जब कान्फ्रेन्स रूम से वह बाहर निकले अँधेरा हो चुका था। चपरासी, सेक्शन अफसर, दो क्लर्कों के अतिरिक्त चौकीदार ही वहाँ थे। ट्यूबलाइट्स और पीले बल्बों की रोशनी कॉलेज परिसर में फैली हुई थी। किसी से बिना कुछ कहे वह रिसेप्शन की ओर बढ़ गये। प्रवीण उनके पीछे लपके, लेकिन दूर से ही सूने पड़े रिसेप्शन को देख वह उल्टे पाँव लौट पड़े थे अपने चैम्बर की ओर।

"सर, मैंने आपसे पहले ही कहा था...हमें दोबारा उसी प्रक्रिया से गुजरना होगा सर...छः महीने लग जाएँगे...लेकिन..."

"हुँह..." विचारमग्न स्वर में वह बोले, "तो सभी चले गये?"

"कौन सर?" प्रवीण ने उनके पीछे चलते हुए पूछा।

"कोई नहीं।"

और वह तेजी से अपने चैम्बर की ओर बढ़ गये थे।

भीड़ में

सुनकर चेहरा खिल उठा था उनका। उम्र से संघर्ष करती झुर्रियों की लकीरें भाग्य रेखाओं की भाँति उभर आई थीं। आँखें प्रह्लाद पर टिकाकर पूछा, "कहाँ तय की लल्लू ने शादी?"

"आपको कुछ भी खबर नहीं बाबू जी?" प्रह्लाद, जो उनके चचेरे भाई का बेटा है, ने आश्चर्यमिश्रित स्वर में पूछा था।

"इसी शहर...काकादेव की पार्टी है..." प्रह्लाद क्षणभर रुका, फिर बोला, "मैं तो सोचता था कि रमेन्द्र ने आपको बताया होगा...वे और भाभी जी तीन बार आ चुके हैं यहाँ..."

"फुर्सत न मिली होगी...लल्लू 'बिजी' भी तो बहुत रहता है।" प्रह्लाद के चेहरे से आँखें हटा वे पास रखे अखबार में कुछ पढ़ने लगे।

"बड़े पद की व्यस्तताएँ तो बड़ी होती ही हैं बाबूजी..." प्रह्लाद ने देखा वे अखबार में किसी समाचार पर नजरें गड़ाए हुए थे।

कुछ देर सन्नाटा रहा।

"लल्लू ने कुछ कहा है?" अखबार से नजरें हटा कुछ देर बाद वे बोले।

"कहा कुछ नहीं..." प्रह्लाद ने देखा कि वे फिर अखबार में उलझ गये थे। "मुलाकात तो मुझसे भी नहीं हुई रमेन्द्र की। कई महीने हो गये। अब तो लखनऊ भी दिल्ली हो रहा है बाबूजी। एक ही शहर में रहकर भी हम नहीं मिल पाते। दूरियाँ भी बढ़ गयी हैं। एक दिन मेरी बिटिया रंजना ने रमेन्द्र से कुछ पूछने के लिए फोन किया था। वे तो मिले नहीं...पता चला ऑफिस चले गये थे...पुत्तन की माँ यानी रंजना की चाची थीं विनीता। विनीता ने ही बताया था कि दस दिन पहले उन्होंने बेटे की शादी तय कर दी है। लड़की लखनऊ विश्वविद्यालय से बायो-केमेस्ट्री में पी-एच.डी. कर रही है। पिता कानपुर में 'जॉयंट डायरेक्टर ऑफ इंडस्ट्रीज' हैं। कानपुर से बीस मील दूर घाटमपुर के पास गाँव में बड़ी काश्त है। शहर में तीन मकान...बड़ी पार्टी है।"

'क्या वह व्यर्थ ही बोलता रहा...बाबू जी ने सुना भी या नहीं। उसके बताने से पहले ही वे अखबार में चेहरा झुका चुके थे। वह क्यों इतना सब बोल गया!' प्रह्लाद को स्वयं पर गुस्सा आ रहा था।

देर तक चुप्पी रही। प्रह्लाद की नजरें उनके चेहरे पर गड़ी थीं। छत के पश्चिमी कोने पर चिड़ियों का झुंड आ बैठा और चहचहाती हुई वे दानों पर चोंचे चलाने लगीं। वर्षों से वे छत के उस कोने में दो मुट्ठी अनाज डालते आ रहे हैं। चिड़ियों का झुंड निश्चित समय पर प्रतिदिन वहाँ आ पहुँचता है। वे एक-एक चिड़िया को पहचानते हैं और वे भी उन्हें पहचानती हैं। इसीलिए निर्भय हो वे उनके पास तक चली आती हैं। वे जब तक वहाँ रहती-चहचहाती हैं, वे मन्त्रमुग्ध सुनते रहते हैं। उतनी देर वे अपने एकाकीपन की गुफा से बाहर निकल आते हैं। जब वे चली जाती हैं, वे फिर उसी गुफा में समा जाते हैं। कभी जब कोई परिचित चिड़िया कई दिनों तक नहीं आती, वे समझ लेते हैं कि वह अब नहीं आएगी। उनका मन दुखी रहता है। लेकिन दो-चार दिनों में ही उस चिड़िया का स्थान जब कोई नयी चिड़िया ले लेती, वे फिर सामान्य हो जाते।

काफी देर बाद वे बोले, "हमारा पुत्तन भी तो रेलवे में इंजीनियर हो गया है।"

चिड़ियों का झुंड फुर्र से उड़ गया था। वे उन्हें आसमान में दूर उड़ता हुआ देखते रहे।

"हाँ चाचा...लखनऊ में ही पोस्टिंग मिली है।"

"लल्लू एक बार आए थे..." वे रमेन्द्र को बचपन से घरेलू नाम 'लल्लू' से ही बुलाते हैं। रमेन्द्र ने कई बार टोका भी, "बाबू जी, अब मैं लल्लू नहीं रहा...और बचपन में भी नहीं था। पढ़ने में अव्वल रहा हूँ। फिर भी आप आज भी लल्लू ही बुलाते हैं। मेरे मित्रों के सामने भी...बाद में लोग मज़ाक उड़ाते हैं। आप भी अफसर रहे हैं...ए.सी. एनकमटैक्स...।" उन्होंने हर बार रमेन्द्र को समझाने का प्रयत्न किया, "बेटा यह नाम तुम्हारी माँ का दिया हुआ है...जुबान चढ़ा है। लल्लू का मतलब लल्लू ही नहीं होता...लाल है...मेरा लाल। यह केवल नाम ही नहीं है रमेन्द्र...तुम्हारी माँ की भावनाएँ—प्यार जुड़ा है इससे।"

बाद में रमेन्द्र ने विरोध करना बन्द कर दिया था, लेकिन जब भी उनके मुँह से 'लल्लू' निकलता वह कसमसाता अवश्य था।

"हो गये होंगे कोई नौ-दस महीने।" कुछ देर के विराम के बाद वे बोले, "शायद फरवरी की बात होगी...सर्दी के ही दिन थे...मुझे याद आ रहा है।" वे उस दिन को याद करने लगे, "यहाँ लेबर ऑफिस में कोई मीटिंग थी...दफ्तर

की गाड़ी से आए थे लल्लू...बड़ा ताम-झाम था। चपरासी, बड़ा बाबू, दो सहायक अधिकारी...मैं छत पर धूप सेंक रहा था। पन्द्रह-बीस मिनट रुके होंगे...चाय बना दूँ कहा तो बोले थे, "आप धूप सेंको बाबू जी...चाय बनने-पीने में देर हो जाएगी...लखनऊ पहुँचकर कमिश्नर के साथ मीटिंग है। बहुत जल्दी में थे। तभी बताया था कि पुनीत (पुत्तन) रेलवे में सेलेक्ट हो गया है।" साँस को स्थिर कर वे फिर बोले, "चलो अच्छा हुआ कि पुत्तन को लखनऊ में पोस्टिंग मिल गयी। लल्लू के रिटायरमेंट में भी तो दो साल ही बचे हैं।"

प्रह्लाद चुप रहा। उसे कोई बात नहीं सूझ रही थी। वे भी अखबार का पन्ना पलट कोई महत्त्वपूर्ण समाचार ढूँढ़ने लगे थे। देर तक दोनों के मध्य मौन पसरा रहा।

"कब है तिलक और शादी?" अखबार बन्द कर उन्होंने पूछा।

"शायद पचीस नवम्बर को तिलक है और आठ दिसम्बर को शादी!"

"हुँह..." वे डूब गये थे गहरी सोच में, "पचीस नवम्बर—यानी केवल बीस दिन..." कुछ देर बाद बोले, "अरे बातों में ऐसा डूबे कि तुम्हें चाय पिलाने की याद ही नहीं रही। लो—अखबार पढ़ो।" अखबार प्रह्लाद की ओर बढ़ा वे उठ गये, "दस मिनट में आया..."

"चाचा जी...आप तकलीफ न करें...चाय की जरूरत नहीं है।" प्रह्लाद, ने विरोध किया। लेकिन, "प्रह्लाद चौरासी साल का हो गया तो क्या...अपने लिए सब करता हूँ, तुम्हारे लिए चाय नहीं बना सकता! इन हाथों की चाय पियोगे तो याद रखोगे...!"

उनके उत्साह को देख प्रह्लाद को चुप रह जाना पड़ा। वह सोचने लगा चाचा के विषय में जो दो सफल बेटों और दो बेटियों के होते हुए भी जीवन के अन्तिम चरण में स्वयं सबकुछ करने के लिए विवश हैं।

बाबू रघुनाथ सिंह ने छोटे स्तर से जीवन प्रारम्भ किया था। बी.ए. करने के बाद वे शिक्षा विभाग में क्लर्क बने थे। पिता किसान थे और कानपुर से बीस मील दूर सरसावा गाँव में दस बीघे खेतों में अथक परिश्रम कर उन्होंने बेटे को पढ़ाया था।

वे शिक्षा विभाग में लगे उसके कुछ दिन बाद ही पिता ने आँखें मूँद लीं। माँ को वे साथ शहर ले आए। खेती अधाई में दे दी। नौकरी करते हुए एल.एल.बी. की पढ़ाई शुरू की। नौकरी और पढ़ाई में खेती देखने जाने के अवसर कम होते गये। एल.एल.बी. का पहला साल किया तब शादी हो गयी। जिम्मेदारियों में

महीने में एक बार गाँव जाने का क्रम टूट गया। फसल में ही आ पाते। परिणामत: आधा-अधूरा ही मिलता। लेकिन 'खेती है गाँव में' सोचकर सन्तोष कर लेते। यह क्रम अधिक नहीं चलने दिया पट्टीदारों ने। निकट के चाचा ने घर पर अधिकार कर लिया। मिलने पर कुछ कहने का अवसर भी नहीं दिया। "बबुआ, तुम तो शहरी हुए...साल में दो बार आते हो...एक-दो दिन के लिए। तुम्हारा घर मिट्टी के ढेर में तब्दील हो, इससे पहले कुछ करना चाहिए—सोचा।" दीवारों की ओर इशारा कर वे बोले थे, "तुम देख रहे हो न! बिना देखभाल के दीवारें गिरने को हो रही हैं। छप्पर-छानी बिना एक दिन सब ढह जाएँगी, तुमसे बिना पूछे दरवाजा खोलकर मैंने मरम्मत करवाया...बुरा तो नहीं लगा तुम्हें?" उनके चेहरे पर दृष्टि गड़ा उन चाचा ने पूछा तो वे चुप ही रहे थे।

"बबुआ, घर खुला रहेगा तो साफ-सफाई होगी-हवा मिलेगी तो घर बना रहेगा। तुम तो समझदार हो, दुई अच्छर पढ़े हो। अच्छे ओहदे पर हो। घर और मेहरारू बिना देखभाल के साथ छोड़ देते हैं।" फिक से हँस दिए थे उनके वे चाचा तो वे किसी प्रकार अन्दर उमड़ते क्रोध के ज्वार को दबाकर बोले थे, "फिर भी आपको एक बार पूछ तो लेना ही चाहिए था चाचा। अम्मा को शहर पसन्द नहीं आया अभी तक। पुरखों की ड्योढ़ी है। उनका मन यहाँ रहने का हो सकता है। खेत-पात देखने की इच्छा हो सकती है।"

बीच में टोका था चाचा ने, "अरे कैसी बात करते हो रघुनाथ बबुआ। तुम्हरी अम्मा...हमरी भौजाई...तुम्हारे घर में कोई दूसरा तो रहेगा नहीं। तुम्हारा छोटा भाई यानी मेरा छोटे ही रहेगा। दो बच्चे हैं और घरवाली। तुम्हारी अम्मा आएँगी तो उनके लिए अच्छा ही रहेगा। सुबह शाम पकी रोटियाँ मिला करेंगी। बूढ़ा शरीर...कहाँ खटकर रोटियाँ सेंकती रहेंगी। ठाठ से आएँ भौजी...रहें...तुम्हारा घर तुम्हारा ही रहेगा बबुआ, मन मा कौनो खोट मत लाओ रघुनाथ। हमहूँ तुम्हार सगे हैं। तुम्हारे परबाबा और मेरे बाबा सगे भाई थे। यह भी बताने की जरूरत है?" कुछ देर रुककर उनके चेहरे के भाव पढ़कर चाचा बोले थे, "बड़ी रहस की बात है बबुआ। खाली घर पर सारे गाँव की नजरें गड़ी थीं। कोई गैर आकर मेरे सिर पर नाजायज कब्जा करे...यह मैं कैसे बर्दाश्त कर सकता था। इसलिए...बाकी भौजी आवें...हमें तो खुशी होगी। बँटाईदार ससुरा सुनता नहीं...मनमानी करता है। तुम भी महीनों में आते हो। थोड़ा जल्दी-जल्दी आया करो बबुआ। दुई-चार दिन रहा करो...छोटे के रहते कोई दिक्कत न होगी। उसके बच्चे सेवा करेंगे तुम्हारी..."

वे चाचा की बातों का अर्थ समझने की चेष्टा करते रहे थे, तभी कुछ

रुककर चाचा बोले थे, "एक बात सुझाईं बबुआ?"

उनकी ओर देखा था उन्होंने, अभिप्राय था कि कहें आप!

"तुम किसी दूसरे को खेत देते ही क्यों हो बँटाई में? अब छोटे तो हैं न...घर भी सँभालेगा और खेत भी। साल छः महीने में जब भी फुर्सत मिले आव और अपना हिस्सा ले जाओ, बँटाईदार के पीछे पड़ने की झिक-झिक खत्म।"

"खेती के मामले अम्मा सँभालती हैं। उनसे पूछकर ही उत्तर दे पाऊँगा।" वे बोले थे।

"रघुनाथ बबुआ...तुम अब छोटे तो नहीं हो। खुद ही निर्णय कर सकते हो। खेतों की जिम्मेदारी कब तक अम्मा पर डालते रहोगे! बूढ़ा शरीर है...उन्हें मुक्त कर दो।" कुछ सोचने का-सा भाव प्रकट करते वे कुछ देर तक चुप रहकर फिर बोले, "पढ़-लिखकर भी तुम अम्मा की भावना की कदर करते हो यह जानकर मुझे अच्छा लगा। तुम जरूर पूछो उनसे और बेहतर तो यही होगा कि भौजी ही आकर रहें कुछ दिन छोटे के साथ। मेरा बेटा है तो उनका भी बेटा ही हुआ न! उसकी बहू उनकी अच्छी देखभाल करेगी।"

वे चाचा को उत्तर नहीं दे पाए थे और न ही उनके बेटे छोटे को घर खाली करने के लिए कह पाए थे। लेकिन यह समझते उन्हें देर न लगी थी कि अनाथ पड़े मकान को जिस प्रकार चाचा ने अपने अधिकार में ले लिया है और वे विरोध नहीं कर सके उसी प्रकार एक दिन वे खेत भी अपने अधिकार में कर लेंगे। बँटाईदार ठहरा गरीब आदमी। धमका देंगे, "मुझे रघुनाथ कह गये हैं कि अब खेत तुम्हारे पास बँटाई में नहीं रहेंगे। छोटे जोतेगा।"

बँटाईदार में शक्ति नहीं कि वह ठाकुर साहब की बात का विरोध करे और मेरे आने की प्रतीक्षा के लिए कहे, वह हक छोड़ देगा और एक बार छोटे का हल चल गया खेतों में तो फिर छोटे का ही हल चलेगा उनमें।"

देश तब आजाद न हुआ था, लेकिन अवसरवादी लोगों की कमी न थी। चारपाई पर उन्होंने करवट ली। नवम्बर के प्रारम्भ की धूप की गुनगुनाहट उन्हें भाती लगी। हालाँकि सर्दी अधिक न थी, फिर भी बूढ़ा शरीर धूप को अन्दर समेट लेना चाहता था।

अम्मा ने सुना तो अवाक रह गयीं। "मुझे आशंका थी बबुआ। छोटे भला लड़का नहीं है। उल्टे-पुल्टे लोगों का साथ है। हर दिन ठेके जाता है। घरवाले परेशान हैं उससे। तुम्हारे चाचा को मौका मिला। उससे मुक्ति भी मिली और अगर तुमने उसे अधाई में खेत दिए तो वापस मिलने की उम्मीद न करना।" अम्मा का चेहरा विषाद से भर उठा था। देर तक सोचकर वे बोली थीं, "रघु,

जैसे भी हो तुम खेत बेच दो...घर तो शायद ही कोई ले अब...गाँव में कोई उनसे लड़ना नहीं चाहेगा और तुम भी कहाँ कोर्ट-कचहरी करते रहोगे।'' चेहरे पर चिन्ता ओढ़ वे बोलीं, ''मैं तो अब उस ड्योढ़ी में कदम नहीं रखूँगी। अब बचा भी क्या वहाँ! अपवित्र कर दी उसे छोटे ने...क्या नहीं होता होगा वहाँ...शराब-जुआ...'' अम्मा आहत थीं।

उन्होंने तीन महीने के अन्दर ही चुपचाप पड़ोसी गाँव के शिवधार यादव को खेत बेच दिए थे। इस प्रकार गाँव से नाता टूट गया था। गाँव आज भी उनके जेहन में मौजूद है। लेकिन उस दिन के बाद वे गाँव नहीं गये। खेत बेचकर गोविन्दनगर में प्लाट लिया था और रहने योग्य मकान बनवा लिया था। इतना सब होने तक रमेन्द्र और बड़ी बेटी का जन्म हो चुका था। एल.एल.बी. के बाद उन्होंने क्लर्की छोड़ दी थी। सोचा था कि प्रैक्टिस करेंगे, लेकिन तभी इनकम टैक्स विभाग में जगहें निकलीं और कुछ मित्रों की सलाह पर आवेदन कर दिया। और बन गये इंस्पेक्टर। मित्रों ने कहा था, ''चाँदी काटोगे रघुनाथ।''

लेकिन उन्होंने मित्रों को झुठला दिया था। अपनी ईमानदारी की धाक जमाने की धुन में उच्चाधिकारियों से कितनी ही बार प्रताड़ित हुए। शहर-दर-शहर भटकना पड़ा और पदोन्नति में रुकावटें आईं। लेकिन उन्होंने समझौता नहीं किया। पूरे विभाग में वे 'बाबूजी' के नाम से पहचाने जाने लगे। वे जानते थे कि बुलाने वाले के मन में इस सम्बोधन में सम्मान कम व्यंग्य अधिक निहित है, बल्कि केवल व्यंग्य ही कहना उचित होगा। उन्होंने कभी बुरा नहीं माना। वे जानते थे कि विभागीय अधिकारियों से लेकर व्यापारी तक उन्हें 'बाबू जी' पुकारकर यह एहसास करवाना चाहते हैं कि 'तुम अधिकारी बनने योग्य नहीं...तुम्हारी औकात वही है।' लेकिन, 'मुझे बाबूजी नहीं कहो...रघुनाथ सिंह कहो' कहकर विरोध करने का अर्थ 'रघुनाथ को आहत करने में वे सफल रहे' सोचकर उन्हें आनन्दित होने का अवसर देना होगा। वे न आहत हुए न डिगे और धीरे-धीरे सम्बोधन उनके लिए ही नहीं दूसरों के लिए भी सहज हो गया।

वे बाहर ही नहीं घर में भी 'बाबू जी' बन गये थे। बच्चों से लेकर पत्नी तक। गोविन्दनगर का मकान बन जाने के चार वर्ष बाद माँ उन्हें 'फलते-फूलते' रहने का आशीर्वाद दे विदा हो चुकी थीं। तब तक वे दो बेटे और दो बेटियों के पिता बन गये थे। स्थानान्तरण में प्रायः बाहर रहे वे, लेकिन पत्नी बच्चों सहित गोविन्द नगर में ही रही थीं।

''परिवार को समेटे-भटकते न बच्चों को ढंग की शिक्षा दे पाऊँगा और न पाल सकूँगा।'' एक-दो बार पत्नी के साथ रहने के लिए जिद पर वे बाले

थे, ''सावित्री, बच्चों को कुछ बना सके तो समझो जीवन सार्थक है।''

और सावित्री ने उनका साथ दिया था। बड़ा बेटा रमेन्द्र पी.सी.एस. में आया तो खुशी के आँसू बहाती सावित्री ने कहा था, ''बाबू, तुम्हारी तपस्या सफल हुई। अब चिन्ता की कोई बात नहीं।''

''तपस्या तुमने भी की है...'' प्यार से पत्नी के कन्धे पर हाथ रख वे बोले थे।

उनकी चिन्ता बेटियों पर आ टिकी थी। बड़ी ने एम.ए., बीएड. कर लिया था और छोटी बी.ए. कर रही थी। छोटा बेटा धीरेन्द्र बी.कॉम. में था। रमेन्द्र की पोस्टिंग से पहले ही उन्होंने दोनों बेटियों की शादी कर दी थी...दिल्ली में। शादी के कुछ दिन बाद ही बड़ी बेटी दिल्ली में पी.जी.टी. और दो साल बाद छोटी टी.जी.टी. लग गयी थी। दोनों बेटियों की शादी में उन्होंने जीवन की कमाई का न केवल जोड़ा धन खर्च कर दिया था, बल्कि कर्जदार भी हो गये थे। लेकिन बेफिक्र थे। ''रिटायर होते समय जो मिलेगा उससे कर्ज अदा कर दूँगा। फिर पेंशन होगी ही...घर में दो किरायेदार रख लूँगा...काम चल जाएगा।'' सोचकर वे प्रसन्न हुए थे।

रमेन्द्र की पहली पोस्टिंग गोरखपुर हुई थी। धीरेन्द्र भी स्टेट बैंक में कैशियर होकर इलाहाबाद पोस्ट हो गया था। धीरेन्द्र की नौकरी लगने के समय उनके अवकाश ग्रहण में केवल एक वर्ष शेष था। घर में पति-पत्नी बचे थे। भरा-पूरा परिवार बच्चों के जाते ही काटने को दौड़ने लगा था। उन्हें इतना महसूस नहीं होता था, क्योंकि अकेले रहने की आदत थी। लेकिन सावित्री को सूनापन सालता। वह कहती, ''रमेन्द्र-धीरेन्द्र का विवाह करने की सोचो बाबू...दोनों की उम्र भी हो गयी है। शादी हो तो ड्योढ़े से एक की बहू साथ रहे...मन लगा रहेगा। बच्चे होंगे तो दिन भी कटेगा।''

वे भी चाहते थे कि दोनों बेटों के विवाह से मुक्त होकर रिटायर होने के बाद पत्नी के साथ देशाटन करेंगे। विवाह के प्रस्ताव तब से ही आने लगे थे जब लड़के इंटरमीडिएट में थे।

''बेटियाँ तो आज भी माँ-बाप के लिए चिन्ता का विषय हैं। अधिक पढ़ा दें तो योग्य वर नहीं मिलते और कम पढ़ी तो अच्छा घर मिलना कठिन। अधिकारी खोजो तो लाखों की माँग। क्लर्क-खेतिहर बच्चों के माँ-बाप भी कम में तैयार नहीं होते। क्या करें लड़की वाले...यहाँ आज भी लड़की बोझ है...जैसे भी हो शादी कर मुक्त हो लो...''

पत्नी के बार-बार टोकने पर उन्होंने प्रस्तावों पर विचार करना प्रारम्भ कर

दिया। रमेन्द्र और धीरेन्द्र को भी बता दिया। दोनों सुनकर चुप रहे थे। 'पिता जो कर रहे हैं अच्छा ही कर रहे होंगे...बच्चों को मैंने अच्छे संस्कार दिए हैं। मैंने क्यों...सावित्री को है यह सारा श्रेय। वही तो रही है, मैं दो-चार महीने में दो-चार दिनों के लिए आया...तो क्या...' दोनों बेटों के लिए अच्छे प्रस्तावों पर विचार कर उन्होंने दोनों को बुला लिया...रमेन्द्र तब लखनऊ आ गया था। रमेन्द्र के लिए जो लड़की देखी उसका पिता 'केसा' (कानपुर इलेक्ट्रिसिटी सप्लाई अथॉरिटी) में इंजीनियर था। नगर का प्रतिष्ठित परिवार। लड़की ने उसी वर्ष एम.ए. किया था। धीरेन्द्र की बात जिस परिवार में चली वह भी खानदानी था और लड़की के पिता पी.पी.एन. कॉलेज में प्राध्यापक थे। लड़की एम.ए. अन्तिम वर्ष में थी।

कई खबरों के बाद भी रमेन्द्र नहीं आया। एक दिन फोन पर कहा, ''बाबू जी, काम बहुत है दफ्तर में। छुट्टियों में भी आना पड़ता है। मंत्री महोदय को विदेश जाना है...उससे पहले सारी फाइलें क्लियर कर लेना चाहते हैं। समय मिलते ही आऊँगा।''

उन्होंने पार्टी को 'शीघ्र ही उत्तर दूँगा' कहकर आश्वस्त किया। वे लोग रमेन्द्र के पद पर लट्टू थे और किसी भी कीमत में उसे दामाद बनाना चाहते थे। धीरेन्द्र दो सप्ताह बाद आया। उसने अधिक न-नुकर नहीं की। लड़की देखी। 'भविष्य में क्या करना चाहती हैं।' पूछा। 'अच्छा डिवीजन बना तो पी-एच.डी. करूँगी। लेक्चररशिप मिल सकती है।' लड़की ने कहा था, 'नहीं तो बी.एड.।'

धीरेन्द्र को लड़की पसन्द आई थी। उसके लौटने से पहले उन्होंने शादी तय कर दी थी।

रमेन्द्र की पार्टी को वे कब तक आश्वासन पर रखते। एक दिन वे लखनऊ जा पहुँचे। रमेन्द्र रात दस बजे आया। नौकर था, जो उन्हें पहचानता नहीं था। उन्होंने परिचय भी नहीं दिया। नौकर ने ड्राइंगरूम में बैठाकर चाय दी और ''साब देर से आएगा...बोला क्लब में पार्टी है। खा-पीकर आएगा।'' नौकर ने उनके चेहरे पर नजरें गड़ाकर पूछा, ''आप कब तक इन्तजार करेगा साहब?''

''तुम चिन्ता न करो। मैं साहब से मिलकर ही जाऊँगा।''

नौकर बार-बार ड्राइंगरूम में आकर देखता। कभी मेज पर पत्रिकाएँ ठीक करता तो कभी सोफे में पड़ी हल्की सलवटें। वे समझ रहे थे कि उसे उनके वहाँ होने से असुविधा हो रही है। लेकिन वे पत्रिकाओं के पन्ने पलटते रहे। फरवरी का महीना था। ठंड अन्तिम साँसें ले रही थी। नौकर फिर दरवाजे पर प्रकट हुआ। वह दीवार की टेक ले संकोच भाव से उनकी ओर देखने लगा।

वे उसकी परेशानी समझ रहे थे। साहब आकर पूछ सकते हैं, 'जब तुझे पता था कि मैं देर से आऊँगा तब भी इन साहब को बैठा रखा...कह देता सुबह आकर मिल लेंगे।' सोचा क्यों न उसे बता दें कि वह परेशान न हो...वे उसके साहब के पिता हैं। लेकिन तत्काल इस विचार को झटक सोचा, ''क्यों न कहीं टहल आऊँ। किसी होटल से कुछ खा आना अच्छा होगा।'' उन्होंने घड़ी देखी, ''आठ ही बजे हैं...क्लब जाने का मतलब दस-ग्यारह...उठ ही जाना चाहिए।'' और वे उठ गये थे।

''सुनो।'' उन्होंने नौकर को आवाज दी थी।

''जी साब।''

''मैं घूमकर आता हूँ। साहब आएँगे तो बताना कि कानपुर से मिलने आया हूँ। जरूरी बात करनी है।''

बंगले से बाहर निकल उन्होंने रिक्शा लिया, ''हजरतगंज चलो।'' कहकर रिक्शा में बैठ गये।

वे जब लखनऊ पोस्टिंग पर थे प्रतिदिन शाम हजरतगंज में बिताते थे। घंटा-दो घंटा कॉफी हाउस में बैठते। प्रायः वे त्रिमूर्ति के निकट बैठते। त्रिमूर्ति यानी साहित्य के तीन दिग्गज। अमृत लाल नागर, यशपाल और भगवती चरण वर्मा। कभी-कभी उनके साथ भी बैठते और उनकी बहसों का आस्वादन करते।

''क्या जमाना था वह भी।'' धूप में गर्मी अनुभव हुई तो वे उठ बैठे। चारपाई खिसकाई और टाँगों पर धूप रहे, ऐसा करके लेट गये।

देर तक हजरतगंज में घूमने के बाद 'सौजन्य' रेस्टोरेंट में जा घुसे थे वे। महँगा था। लेकिन खाने के शौकीन...कभी-कभी महँगा खाना चाहिए सोच उन्होंने ऑर्डर कर दिया था।

'अब तो सालों बीत गये स्वादिष्ट भोजन किए। सावित्री के जाने के बाद सब स्वप्न-सा हो गया।' मटन-पुलाव, बिरियानी, कोफ्ते आदि की याद से मुँह में पानी आ गया।

खाकर 'सौजन्य' से निकले तो रात दस बज रहे थे। रिक्शा किया। रमेन्द्र के बंगले पर पहुँचे। नौकर ने गेट खोले बिना अन्दर से ही कहा, ''साब तो अभी आया नहीं...''

''आ जाएँगे...मिलकर ही जाना है।'' उन्होंने देखा नौकर पसोपेश में पड़ गया था। ''डरो नहीं...मेरे बैठकर इन्तजार करने से डाँटेंगे नहीं तुम्हारे साब तुम्हें।'' उनके कहने पर भी देर तक नौकर कुछ सोचता खड़ा रहा था। रिक्शा जा चुका था। एक बार उनका मन हुआ था कि वे किसी होटल में रात बिता

लें और सुबह आ जाएँ, लेकिन 'गलती मेरी ही है। चलने से पहले रमेन्द्र को फोन करके कह देना चाहिए था कि मैं आ रहा हूँ। मालूम होता तो वह क्लब जाता ही नहीं...जाता तो नौकर को कहकर जाता...' वे यह सोच ही रहे थे कि गेट के बाहर कार आकर रुकी। रमेन्द्र ने उतरकर किसी से बॉय किया। अँधेरा था। वे देख नहीं पाए थे...स्वर किसी नारी का था।

"साब आ गये।" नौकर उत्साहित हो गेट खोलने लगा था।

वे रमेन्द्र को आता देख रहे थे। चलने में अफसरी भाव स्पष्ट झलक रहा था। 'अच्छी लम्बाई निकल गयी है इसकी। मेरे पिता भी तो लम्बे थे। बाबा पर गया है। वैसी ही चौड़ी छाती-गठा बदन। धीरेन्द्र तो मेरी तरह ही रह गया।' उन्हें रमेन्द्र की अफसरी चाल पर आत्म गौरव अनुभव हुआ।

निकट आ रमेन्द्र चौंका, "बाबूजी आप?" झुककर पैर छुए तो उन्होंने प्यार से पीठ पर हाथ फेर आशीर्वाद दिया।

"रामू तूने बाबूजी को अन्दर क्यों नहीं बैठाया!" रमेन्द्र नौकर पर बरस पड़ा।

"साब...साब...वो..." नौकर डर से हकलाने लगा। उन्होंने बात सँभाली, "उसकी गलती नहीं लल्लू...मैंने ही उसे नहीं बताया। दो घंटे बैठकर हजरतगंज चला गया। तुम्हारे आगे ही लौटा हूँ। इधर तुम कार से उतरे...उधर मेरा रिक्शा गया..."

रात देर तक वे रमेन्द्र को शादी के विषय में, लड़की वालों के खानदान-लड़की...बाप आदि के विषय में बताते रहे थे। रमेन्द्र सुनता रहा था बिना बोले।

"शादी की भी एक उम्र होती है बेटा। ईश्वर की कृपा से तुम ढंग से व्यवस्थित हो गये हो। तुम दोनों भाइयों से निबटूँ तो रिटायर होकर तुम्हारी माँ को भी चारों धामों की यात्रा करवा लाऊँ। सारी जिन्दगी उसने घर में घुसे बिता दिया।" वे भावुक हो उठे थे।

कमरे में हल्की रोशनी थी। वे पलंग पर लेटे थे और रमेन्द्र सोफे पर बैठा था। देर तक सन्नाटा छाया रहा था कमरे में। बाहर सड़क पर वाहनों के गुजरने की आवाज़ बीच-बीच में आ रही थी और लॉन में झींगुर बोल रहे थे। उन्होंने सामने दीवार पर टंगी घड़ी पर नजर डाली थी, एक बजने में दस मिनट थे।

"सोचकर बताना..." रमेंद्र के चेहरे पर नजरें टिका कुछ देर कुछ पढ़ने का प्रयास करते रहे थे वे, फिर बोले थे, "बेटा, एक बात की तरफ मेरा ध्यान ही नहीं गया था। मैं भी कितना मूर्ख हूँ। हाँ, अगर तुम्हारी अपनी कोई पसन्द हो तो मुझसे मत छिपाना। जो भी हो...शादी समय से हो जानी चाहिए...

नि:संकोच कहना।''

रमेन्द्र की नजरें सामने मेज पर चिपकी थीं। उनके बोलते समय रमेन्द्र कई बार जम्हाई ले चुका था। देर तक जब वह चुप रहा और दो बार मुँह के सामने हाथ ले जाकर जम्हाई ली उसने तब वे बोले, ''दिन भर के थके हो तुम...सो जाओ...मैं सुबह आठ बजे की बस लूँगा। हो सके तो बता देना...किसी भले आदमी को अधिक लटकाना उचित नहीं है। वे लोग दो महीनों से हम पर भरोसा किए उत्तर के इन्तजार में कोई दूसरा घर देखने तक नहीं गये।'' उनका मन खिन्न हो उठा था, लेकिन खिन्नता प्रकट करना उनका स्वभाव नहीं रहा। गम्भीर स्थितियों में भी सामने वाले से मुस्कराकर बोलना उनकी प्रकृति है।

उनके चुप होते ही रमेन्द्र, 'गुडनाइट' कह सोने चला गया।

''कभी उसने केवल 'गुडनाइट' नहीं कहा। 'गुडनाइट बाबूजी' ही कहता रहा है। लेकिन नौकरी के बाद मुझसे मिला ही कितनी बार...चार बार। और तब ऐसा अवसर भी नहीं आया। आज उसका बदला रुख देख आश्चर्य हो रहा है। क्या आई.ए.एस.-पी-सी.एस. बनने वाले सभी बच्चों की मूल प्रकृति में परिवर्तन हो जाता है। क्या मेरा यहाँ आना उसे अच्छा नहीं लगा, इसीलिए 'गुडनाइट' कहकर...मेरे इतना सब कहे को एक शब्द में ध्वस्त कर वह चला गया।' देर तक उन्हें नींद नहीं आई।

सुबह रमेन्द्र के उठने से पहले ही नहाकर तैयार हो अखबार देख रहे थे। सात बजा था। रमेन्द्र मुँह धोकर रात के कपड़ों में ही सामने सोफे पर आ बैठा। उन्हें लगा जैसे वह ठीक से सोया नहीं है। उन्हें आश्चर्य भी हुआ। उसने 'गुडमॉर्निंग' नहीं की थी। उनका मन हुआ था कि 'बेटा संस्कारों को भूल रहा है तो क्यों न वे ही गुडमार्निंग बेटा' कहकर उसकी गलती याद दिला दें। लेकिन तभी सोचा 'जान-बूझकर किए गये व्यवहार को टोककर नहीं सुधारा जा सकता। यदि उपेक्षा उसके स्वभाव में जमने लगी है तब कब-कब वे खुरचेंगे।' वे चुप अखबार पढ़ते रहे।

वे सोचने लगे, बस स्टैंड पहुँचने में रिक्शा पन्द्रह मिनट लेगा। बस ठीक आठ बजे की है। दस बजे ऑफिस पहुँच जाऊँगा। साढ़े सात निकल लेना ठीक होगा। दस मिनट हैं।' यह चुप है। शायद चाहता है मैं ही पूछूँ। पूछना तो होगा ही।' और चाय का घूँट भर उन्होंने पूछा, ''लल्लू, मैं क्या जवाब दूँ इंजीनियर साहब को।''

''इंकार कर दीजिए बाबूजी।'' उनकी ओर देखे बिना रमेन्द्र बोला। उसकी आवाज़ भारी हो रही थी। उन्हें लगा जैसे उसे उत्तर देने में बहुत जोर लगाना

पड़ा है।

"तुमने क्या सोचा है?"

"यहाँ एक लड़की को मैं वचन दे चुका हूँ।"

"यह तुमने पहले ही क्यों नहीं बताया...इंजीनियर साहब..."

"अभी बता रहा हूँ...तो क्या हो गया?" उनकी बात बीच में ही काट रमेन्द्र बोला। उसका स्वर अपेक्षाकृत ऊँचा था।

उन्हें झटका लगा था। झटका इस बात से नहीं कि रमेन्द्र अपनी पसन्द की लड़की से शादी करना चाहता है, बल्कि इससे कि उसमें उनका रोपा संस्कार का पौधा मुरझाने लगा है और वह बोलचाल-व्यवहार में रुक्ष होता जा रहा है।

"मुझे विश्वास है कि तुम्हारी पसन्द उत्तम होगी। मुझे कोई आपत्ति नहीं है और न ही तुम्हारी माँ को होगी। अपने होने वाले श्वसुर से कहना कि मुझसे सम्पर्क करेंगे, जिससे जल्दी ही शादी की जा सके।" वे कह तो गये थे इतना सब एक ही साँस में, लेकिन अन्दर से विचलित थे। वे उठ खड़े हुए तो रमेन्द्र ने लपककर उनके पैर छुए। उसकी पीठ पर हाथ फेरते वे बुदबुदाए थे, 'खुश रहो।' उनका स्वर भीगा हुआ था, लेकिन उन्होंने इसकी अनुभूति रमेन्द्र को नहीं होने दी थी।

नौकर रिक्शा ले आया था। रिक्शे पर बैठते हुए उन्होंने एक नजर रमेन्द्र पर डाली थी और 'चार बाग चलो' कहकर सीधे होकर बैठ गये थे।

'कृषि विकास बोर्ड' के निदेशक थे गोपाल प्रसाद सिंह, ऑफीसर्स क्लब में रमेन्द्र से भेंट हुई थी उनकी। तेज तर्रार गोपाल प्रसाद को एक नजर में ही रमेन्द्र जँच गया था। सीधा, सरल, सहज और सुन्दर उस जैसा कहाँ मिलेगा विनीता को!" सोचा था गोपाल प्रसाद ने। दो-चार बार घर बुलाया, विनीता से मिलने की छूट दी तो कॉलेज जीवन तक लड़कियों से बिदकने वाले रमेन्द्र के अन्दर छुपी भावना जाग्रत हो उठी। ऑफिस के बाद उसका अधिकांश समय विनीता के साथ बीतने लगा। पढ़ने में सामान्य विनीता उसकी अपेक्षा अधिक व्यवहारिक थी। उसने मिलने-जुलने से आगे नहीं बढ़ने दिया रमेन्द्र को। तब भी नहीं जब उसने घोषणा कर दी कि वह उसी से शादी करेगा।

"मेरी बेटी से शादी करके तुम्हें जो उपलब्धियाँ होंगी वह कानपुर के किसी इंजीनियर की बेटी से करने से नहीं मिलेंगीं..." गोपाल प्रसाद ने सीधे अपने पद की प्रतिष्ठा निरूपित करते कहा था, "यू नो, मुख्यमन्त्री सीधे बुलाते

हैं। सरकार का पूरा ध्यान कृषि विकास पर केन्द्रित है। तुम्हारी पोस्टिंग लखनऊ से बाहर न होने दूँगा। मन चाहा विभाग दिलवा दूँगा...ऐश करोगे..."

रमेन्द्र ने गणित लगाया था। इंजीनियर की अधिक पढ़ी-लिखी बेटी से अधिक उपयुक्त उसने विनीता को पाया था। अधिक पढ़ी का करना भी क्या? नौकरी करवानी नहीं। और दो महीने की कशमकश के बाद स्वयं दौड़कर आए पिता को उसने निर्णय सुना दिया था।

राहत की साँस ली थी रमेन्द्र ने जब बाबूजी ने कहा था, "तुम्हारी खुशी में ही मेरी खुशी है।"

पिता को रिक्शा में जाते वह सड़क के मोड़ तक देखता रहा था।

बाबू रघुनाथ सिंह ने दोनों बेटों के विवाह में विलम्ब नहीं किया। मई के अन्तिम सप्ताह में दोनों की तिथि निर्धारित कर शादी कर दी। दोनों के विवाह में मात्र तीन दिन का अन्तर। एक बार घर आए मेहमानों ने भी उनके विवेक की प्रशंसा की थी। दो बार आने-जाने के ज़हमत से बच गये थे लोग और "बाबू जी ने भी खर्च में बचत कर ली है।" कुछ लोगों ने कहा था।

जैसा कि उन्होंने सोचा था, विवाह के बाद रमेन्द्र घर से दूर होता गया था। दो-तीन महीने में घर के चक्कर लगा जाने वाला वह दफ्तर की व्यस्तता बता छः सात महीने में घंटे-दो घंटे के लिए आता। लेकिन धीरेन्द्र ने शादी के बाद तीन महीने तक पत्नी को माँ के पास रहने दिया था। बाद में, "तुम्हें खाने-पीने की असुविधा होती होगी बेटा...बहू को साथ ले जाओ।" सावित्री ने कहा तो धीरेन्द्र ने भी धीमे स्वर में कहा था, "असुविधा की बात नहीं माँ...नंदिता बी.एड. करना चाह रही थी..."

"यह मेरे दिमाग से निकल ही गया था बेटा...अब तो एडमिशन का समय भी निकल गया होगा।" बाबू रघुनाथ सिंह के स्वर में अपराधबोध स्पष्ट था।

"मैंने फार्म भरवा दिया था बाबूजी...समय है अभी।"

'एक अपराध होते-होते बचा।' सोचा था बाबूजी ने।

रमेन्द्र की पत्नी एक सप्ताह बाद चली गयी और धीरेन्द्र की तीन महीने बाद। घर फिर साँय-साँय करने लगा था। सावित्री दिन भर घर में ऊपर-नीचे होती रहती। अड़ोस-पड़ोस में पंजाबी परिवार, जिनमें अधिकांश पार्टीशन के बाद आये लोग थे। सावित्री को न उनका रहन-सहन पसन्द था और न ही बोल-भाषा। दिन भर उनके पुरुष व्यवसाय के लिए दौड़ते और औरतें घरों के

बाहर खटोलों पर बैठ पंजाबी में अपने बीते दिनों को याद करतीं। कभी-कभी सावित्री उनके साथ जा बैठती और आधी-अधूरी बात समझ उनके जीवन में घटित त्रासदी से पीड़ित हो दो-चार दिन उसी में ऊभ-चूभ होती रहती। दूसरों की पीड़ा से पीड़ित रहने वाली सावित्री को फिर भी उन सबकी जीवन शैली पसन्द न थी।

"दिन भर पैसों के लिए मार-धाड़...लड़ाई-झगड़े...तुमने कहाँ मकान बनवा लिया लल्लू के बाबू!"

"इतनी कट गयी...अब बची ही क्या है। आठ महीने बाद रिटायर हो रहा हूँ। फिर निश्चिन्त होकर घर में कोई किरायेदार रखकर देशाटन करेंगे। गर्मी में पहाड़ों पर तो सर्दी में दक्षिण या कहीं और...बरसात भर यहीं..." फिर पत्नी के सफेद बालों को सहलाते वे कहते, "किस खूसट से तुम्हारी शादी हुई सावित्री कि ज़िन्दगी खपा दी तुमने घर-गृहस्थी में! कभी अपने लिए नहीं जी...लेकिन अब ऐसा न होगा!"

"अपने लिए ही तो जीती रही लल्लू के बाबू।" सावित्री उन्हें सदैव लल्लू के बाबू ही पुकारती रहीं। शादी के शुरुआती दिनों में 'ये-ओ', फिर दफ्तर वालों से सुना, "बाबू जी" शब्द हाथ लगा तो 'बाबू' और रमेन्द्र के जन्म के बाद 'लल्लू के बाबू।'

उन्हें सावित्री की याद सताने लगी तो वे उठ बैठे और कमरे में जा एक गिलास पानी पिया। धूप दीवार पर चढ़ नब्बे अंश के कोण पर आ गयी थी। पलंग पर रखा पुराना हाफ-स्वेटर पहना, जिसे स्टेशन रोड से तीन वर्ष पहले उन्होंने खरीदा था और फिर चारपाई पर आ लेटे।

शाम होते ही सावित्री दरवाजे से आ टिकती थी और उसकी आँखें रास्ते पर ही टंगी रहती थीं। जैसे ही उनका रिक्शा देखती उसका चेहरा खिल उठता। हाथ में कोई सामान होता तो आगे बढ़ आती, "मुझे थमा दो।" थैला पकड़ लेती, "आराम से उतरो...जल्दी क्या है?" हिदायत देती और रिक्शा से उतरने तक खड़ी रहती।

लेकिन बेटों के विवाह के बाद अधिक दिनों वह साथ नहीं रही। धीरेन्द्र की बहू के ले जाने के एक माह बाद सावित्री के बायें अंग में पक्षाघात हुआ और वह शय्यासीन हो गयी।

सावित्री को उन्होंने मेडिकल कॉलेज से लेकर निजी डॉक्टरों तक को

दिखाया। महीनों इलाज चला। इस दौरान वे नौकरी से सेवामुक्त हो गये। फंड आदि से मिला पैसा अधिक न था। जोड़ भी न पाए थे। बच्चों की पढ़ाई, शादी...सब नौकरी के बल पर ही तो हुआ था। पेंशन अवश्य थी, लेकिन उससे दो प्राणियों का खर्च ही ढंग से चल सकता था। पत्नी का इलाज फंड आदि का पैसा खाए जा रहा था। रमेन्द्र-धीरेन्द्र माँ को देखने आए। एक दिन रमेन्द्र और दो दिन धीरेन्द्र रहे, लेकिन इलाज कहाँ हो रहा है? यह तो पूछा, 'कैसे हो रहा है?' दोनों ने नहीं पूछा। दोनों की ही पत्नियाँ 'फेमिली वे' में थीं, लाना कठिन था। कहकर वे चले गये थे। उनकी जुबान की नोंक पर आया भी था कि रमेन्द्र से कहें, "माँ को लखनऊ में किसी अच्छे डॉक्टर को दिखा दो।" लेकिन वह नोंक से आगे नहीं बढ़ा।

'क्या दोनों को नहीं सोचना चाहिए? आज तक मैंने किसी से कुछ नहीं माँगा। अब क्यों माँगू। जब तक पैसा है पास, खर्च करूँगा।' मन को कुछ बल मिला था। 'मनुष्य युगों तक जीने के लिए नहीं पैदा हुआ। एक-न-एक दिन उसे जाना ही होता है।' उन्हें गीता याद आई। 'कृष्ण ने ठीक ही कहा था...वासांसि जीर्णानि यथा विहाय...फिर मैं क्यों किसी के समक्ष, वह भी बेटों के समक्ष, याचना करूँ...तुम्हारी माँ है...तुम्हारे दायित्व हैं। उसकी देखभाल करो। दायित्वों का भान जब उन्हें नहीं तो दिलाकर भी कुछ होने वाला नहीं। आजादी के बाद नयी पीढ़ी का बहुत-सी बातों से मोह भंग हुआ है। मूल्य ध्वस्त हुए हैं। किस-किस को याद दिलाता फिरूँ...' और उन्होंने तय कर लिया था कि वे कभी भी बेटों को माँ की बीमारी के विषय में नहीं बताएँगे।

दोनों बेटियाँ आयी थीं। "माँ को मेरे साथ भेज दो बाबूजी...वहाँ अच्छा इलाज हो जाएगा।" बड़ी ने जिद की थी, लेकिन "यहाँ भी अच्छा इलाज हो रहा है बेटा। ठीक होना होगा तो यहीं हो जाऊँगी अब इस उम्र में तुम्हारे बाबू जी को छोड़कर कहीं न जाऊँगी। मरना है तो यहीं...इसी ड्योढ़ी में मरूँगी। बायाँ अंग ही प्रभावित है...दाहिने से बहुत कुछ कर लेती हूँ। तुम सब चिन्ता न करो...कमाओ-खाओ...फूलो-फलो।" सावित्री के स्वर में आत्मविश्वास था।

सावित्री में जीवटपन की कमी न थी। दाहिने हाथ से वह धीरे-धीरे दाल-चावल बना लेती थी, वे रोकते...स्वयं करने की जिद करते तो कहती, "सारी जिन्दगी कलम घिसने वाले हाथ यह सब न कर पाएँगे। पता चलेगा दाल में नमक अधिक है या चावल गीले हो गये।" मुँह का बाँया भाग भी प्रभावित हुआ था, जिससे उसकी आवाज़ विकृत होकर निकलती थी। पक्षाघात के आक्रमण के चार महीने तक सावित्री ने उन्हें किसी काम में हाथ नहीं लगाने दिया। वे

इतना ही करते कि अँगीठी सुलगा देते। वह एक हाथ से आटा गूँथती और उसी से चपाती सेंक देती। लेकिन उस सबमें वह थक जाती और शिथिल हो चारपाई पकड़ लेती। खाने की रुचि न बचती थी तब तक उसमें।

अन्ततः उन्होंने घर के काम के लिए एक लड़की रख ली। सुबह शाम आती। सावित्री के इलाज के अतिरिक्त यह एक अलग आर्थिक बोझ था। इलाज का कोई असर महीनों में नहीं दिखा तब कुछ और टेस्ट किये। ज्ञात हुआ सावित्री मधुमेह से ग्रस्त है। मधुमेह भी ऐसा कि रोंगटे खड़े कर देनेवाला। डॉक्टरों ने बताया कि पक्षाघात का कारण ही मधुमेह है और उन्होंने घोषणा कर दी कि उसके ठीक होने की सम्भावना न्यून है। वे घबड़ा उठे थे। अब पक्षाघात के साथ ही मधुमेह का इलाज भी प्रारम्भ हो गया था। उसे नियन्त्रण में रखना आवश्यक था। नियन्त्रण में आने से पूर्व ही उसने सावित्री की आँखों को प्रभावित किया था। रोशनी कम हो गयी थी। चश्मा चढ़ गया था। शरीर सूखने लगा था और मामूली-सी बात में ही वह चिड़चिड़ाने लगी थी। डॉक्टरों ने टहलने की सलाह दी थी। वह सुबह-शाम टहलती, लेकिन दस-पन्द्रह मिनट में ही इतना थक जाती कि चारपाई पर ढेर हो जाती।

वे चिन्तित होते तो सावित्री कहती, "लल्लू के बाबू...तुम अपने शरीर पर ध्यान दो। देख रही हूँ कंचन-सी काया मेरी चिन्ता में मिट्टी कर रहे हो। अरे मुझसे तो भगवान ही रूठ गया है...तुम भी अपने को बीमार कर लोगे तो जो दो-चार साल मुझे तुम्हारे साथ रहने को मिलने वाले हैं वे भी न मिलेंगे।"

वे चुप रहते। जिन्दगी भर अच्छा खाने-पहनने वाले उन्हें सादा-खाना और दो जोड़ी कपड़ों में अपने को सीमित कर देना पड़ा था। बचपन से दूध उनकी कमजोरी रहा था। सुबह वे दो बिस्कुट या एक केला के साथ एक किलो दूध रिटायर होने तक लेते रहे थे। लेकिन सावित्री की बीमारी और इलाज में खाली होते बैंक बैलेंस ने उन्हें दूध पर नियन्त्रण करने के लिए विवश कर दिया था। दूध केवल चाय के लिए ही आता। सावित्री दूध कभी नहीं लेती थी। वह चाय की शौकीन रही और मधुमेह 'डिटेक्ट' होने के बाद भी चाय के लिए जान देती रही।

उनके रिटायर होने के बाद एक महीने के अन्तर से रमेन्द्र के पुत्तन और धीरेन्द्र के आनन्द पैदा हुए। पोतों के जन्म से सावित्री बीमारी भूल गयी। बोली, "लल्लू के बाबू किसी तरह मुझे बाजार ले चलो...दोनों को बधाई भेजनी है। बहुओं के लिए कपड़े और पोतों के लिए सोने का कोई नग और कपड़े खरीदने ही होंगे। तुम्हें तो सऊर नहीं...मुझे साथ चलना ही होगा।"

"सावित्री, तुम्हारा शरीर साथ नहीं दे रहा। मैं ही कुछ खरीद लाऊँगा। तुम बता भर देना।"

"ना...ना...लल्लू के बाबू, मुझे ले चलो। टैक्सी नहीं ले सकते तो रिक्शा ही सही। गुमटी नं. पाँच से खरीद लेंगे। तुम खरीद नहीं पाओगे।"

और उन्हें टैक्सी मँगवानी पड़ी थी। सहारा देकर टैक्सी में बैठाया था सावित्री को। कितना खुश थी वह। गुमटी नं. पाँच में एक सरदार की दुकान में ले गये थे। वहाँ से एक रेडीमेड गारमेंट शॉप, फिर ज्वेलर, फिर एक और दुकान...दो घंटे की खरीददारी ने थका दिया था सावित्री को। लेकिन वह प्रसन्न थी कि पोतों के लिए बधाई भेज सकेगी। बहुओं को कहने का मौक़ा नहीं देना है। वे अपना धर्म निभाएँ या नहीं...लेकिन वह माँ है। उसे वह सब करना ही है।

रात सावित्री ने उनसे जिद की थी, "लल्लू के बाबू...यह सब लेकर तुम्हें ही जाना होगा लखनऊ-इलाहाबाद।"

"लेकिन तुम्हें छोड़कर..."

"मेरी चिन्ता क्यों करते हो! अभी इतनी जल्दी मरने वाली नहीं हूँ। तुम्हें और कष्ट दूँगी।" वह मुस्कराई थी। चेहरे पर झुर्रियाँ उभर आईं थीं। उनसे तीन वर्ष छोटी थी सावित्री, लेकिन बीमारी ने उसे असमय ही अधिक बूढ़ा कर दिया था।

वे लखनऊ-इलाहाबाद न जाने का बहाना ढूँढ़ते रहे थे। कई दिन टल गये थे। बहाने का कारण यह नहीं था कि बेटे उनसे मिलने कम आते थे, फिर क्यों जाएँ वे उनके यहाँ, बल्कि वे सावित्री को अकेले नहीं छोड़ना चाहते थे। जानते थे कि पोतों की खुशी में वह अपने कष्ट भूल गयी है, लेकिन...

परन्तु उनके 'लेकिन' को सावित्री ने खारिज कर दिया था, "तुम मेरी चिन्ता छोड़ो। विमला है न...अपनी नौकरानी, देखभाल कर लेगी। मैंने उससे बात कर ली है। तुम कल सुबह की गाड़ी से चले जाओ लखनऊ। कल इतवार है न! लल्लू भी घर में मिल जाएगा। रात वहाँ रहकर सोमवार को वहीं से इलाहाबाद और मंगल को कालका मेल से वापस। जमा खर्च ढाई दिन की बात है। बेटे भी खुश होंगे। पोतों को गोद खिला आओगे।" साँस फूल गयी थी सावित्री की तो कुछ देर के लिए रुकी थी वह।

"और हाँ" कुछ याद करती सावित्री बोली थी, "एक बात कहना न भूलना। दोनों से कहना। दो चार महीना बाद...बच्चे जब कुछ बड़े हो जाएँ...बहुओं को मिलवा ले जाएँगे। विनीता शादी के बाद आई ही नहीं। नंदिता यहीं की है।

पोतों को गोद खिलाकर मरना चाहती हूँ।'' आँखें भीग गयीं सावित्री की तो उसने धोती के कोर से पोंछ डाला। ''तुम आज ही जाने की तैयारी कर लो लल्लू के बाबू।''

वे सोच में डूब गये थे। जाते हैं तो पता नहीं पीछे क्या बदपरहेज हो जाए या क्या संकट आ टपके। लेकिन समाधान सूझा। लखनऊ-इलाहाबाद के टेलीफोन नम्बर लिखकर दे जाना ठीक रहेगा। विमला को भी समझा देना होगा। कोई परेशानी होगी तो किसी से फोन करवा देगी। कुछ पैसे भी दे जाना चाहिए।'' मन आश्वस्त हुआ।

शाम विमला को फोन नम्बर और बीस रुपये दिए थे उन्होंने और विस्तार से सब कुछ समझा दिया था। अगले दिन सुबह साढ़े सात बजे की सीतापुर एक्सप्रेस पकड़ने के लिए वे छः बजे घर से निकल पड़े। गाड़ी दस बजे लखनऊ पहुँची। शाम मेस्टन रोड जाकर कानपुर के मशहूर ठग्गू के लड्डू भी ले आए थे। जीन्स के बड़े-से थैले में लड्डू, कुछ काजू, पिस्ता, बादाम आदि मेवे बायें हाथ में लटका और अटैची दाहिने हाथ में पकड़ वे रिक्शा से साढ़े दस बजे रमेन्द्र के बंगले के बाहर उतरे। घंटी बजाई। वही पुराना नौकर नमूदार हुआ।

''बाबू जी नमस्ते।'' गेट खोलता वह बोला, ''बाबू जी साहब तो कल बीवी जी के साथ ससुरबाड़ी गये थे।'' नौकर ने अटैची पकड़ ली थी।

गेट से अन्दर घुसते उन्होंने पूछा, ''लौटेंगे या...''

उनका अभिप्राय समझ नौकर बीच में ही बोला,''बोले थे, बीवी जी वहीं रहेंगी और वे शाम तक आ जाएँगे।''

''हुँह।'' वे नौकर के साथ ड्राइंगरूम में पहुँचे। थैला सोफे पर रख सोचते-से कुछ देर तक खड़े रहे। 'शाम तक आने का मतलब वह रात वहाँ से भोजन करके आएगा। और 'बेटा कल यहीं से दफ्तर चले जाना' गोपाल प्रसाद के कहने पर वह नहीं भी आ सकता। यानी लल्लू पूरी तरह गोपाल प्रसाद सिंह के प्रभाव में है। क्यों न इस नौकर से फोन करवाकर कहलवा दूँ कि 'मैं' आया हूँ।' विचार उन्हें बुरा नहीं लगा। 'लाइन पर आने पर अगर लल्लू बात करना चाहेगा तो कह दूँगा कि दो घंटे के लिए बहू-पोते को लेते आओ, फिर छोड़ आना। डायरेक्टर है ससुर...गाड़ी-ड्राइवर सब है। ऐसा कर सकता है। मेरा आना भी सार्थक होगा।' यही तय किया और नौकर की ओर मुड़कर, जो अटैची एक ओर दीवार के सहारे रखकर उनके आदेश की प्रतीक्षा में था, बोले, ''तुम्हारे पास लल्लू के ससुरबाड़ी का फोन नं. है?''

नौकर भौंचक-सा उनकी ओर देखता रहा। वे उसका संकट समझ गये।

''लल्लू यानी रमेन्द्र...तुम्हारा साहब...''

''ओह...नम्बर है बाबूजी...'' और नौकर दूसरे कमरे की ओर दौड़ गया था। एक छोटी-सी डायरी, जो शायद उसकी निजी डायरी थी, क्योंकि उसमें कुछ ही नाम लिखे थे, खोलकर बोला वह, ''यह रहा वहाँ का नम्बर।'' डायरी उसने उनकी ओर बढ़ा दी।

''तुम्हीं मिलाओ और पूछो साहब हैं? हैं तो लाइन पर लेकर बात करवाना...नहीं हैं तो पूछना कब तक आएँगे और कह देना कि आते ही यहाँ फोन करेंगे।''

''जी बाबूजी।''

वे सोचने लगे कि इस नौकर को कैसे पता कि सभी उन्हें बाबूजी ही कहते हैं। सम्भव है लल्लू और विनीता की बातों से अन्दाज लिया हो। तभी उन्हें याद आया जब पिछली बार शादी के विषय में लल्लू का निर्णय जानने वे आए थे तब लल्लू को उसने बाबूजी कहते सुना था। उस दिन भी उसने एक-दो बार यही कहा था।

नौकर भी कितना याद रखते हैं। मालिक क्या पसन्द करते हैं क्या नहीं। इस सबका किस प्रकार खयाल रखते हैं। भले ही बहुत कुछ अनिच्छा से करना होता हो। नौकरी करनी है...कुछ और वे कर नहीं सकते या और नौकरी मिलती नहीं...तो मालिक का खयाल रखना ही होगा। तभी उन्हें खयाल आया, यह बात मालिक नौकर के सन्दर्भ में ही क्यों। नौकरी का मतलब ही है गुलाम मानसिकता में जीना। सरकारी हो या निजी। दफ्तरों में 'सर' कहने का अर्थ ही है कि आप मालिक हैं। यह अँग्रेजी देन है। लेकिन सामन्ती युग में भी यही सब था। केवल स्वरूप बदला है। गुलाम और मालिक थे और रहेंगे। किस देश में नहीं है यह सब! देश-काल और परिस्थितियों के अनुसार उनमें परिवर्तन होता गया है।

''बाबूजी, साहब तो उधर नहीं हैं। सुबह निकल गये थे।'' नौकर बोला तो वे चौंके।

''कब तक आएँगे...कुछ बताकर गये होंगे।'' वे उठ खड़े हुए थे।

''नहीं बाबूजी...बीवी जी थीं। कहा, शायद रात देर तक आएँगे। यह भी नहीं पता इधर आएँगे या उधर ही चले जाएँगे।''

''ओह'' वे अन्यमनस्क हो सोफे पर लेट-सा गये थे।

''आपके लिए चाय-नाश्ता लाता हूँ।'' नौकर चला गया था।

चाय-नाश्ता लेते समय वे सोचते रहे थे कि लल्लू की प्रतीक्षा करें या पैकेट नौकर को देकर और, 'आने पर कहना यह बीवी जी को दे देंगे।' कहकर

इलाहाबाद की बस ले लें, लगभग आधा घंटा तक पसोपेश में रहने के बाद उन्होंने यही तय किया था और पैकेट जिसे उन्होंने घर में ही तैयार कर लिया था, नौकर को देकर समझाकर बारह बजे के लगभग रमेन्द्र के बंगले से निकल आये थे।

रात नौ बजे वे धीरेन्द्र के यहाँ पहुँचे।

धीरेन्द्र और नंदिता के व्यवहार और पोते को गोद में लेने के सुख ने रमेन्द्र के यहाँ से निराश लौटने की पीड़ा धो दी थी।

अगले दिन ही वे कानपुर लौट आए थे। सावित्री चौंकी थी, लेकिन जब उसे वस्तुस्थिति पता चली तो बोली, ''तुमने ठीक ही किया लल्लू के बाबू। उसके ससुरबाड़ी जाने का कोई मतलब न था। चलो अपना कर्तव्य हमने निभा ही दिया। सामान मिलने की खबर तो लल्लू को देना ही चाहिए।''

लेकिन सावित्री की आशा और विश्वास को तब धक्का लगा, जब न रमेन्द्र आया और न ही उसने सूचित किया कि उसे उनका दिया पैकेट मिल गया था।

''फुर्सत न मिली होगी उसे लिखने के लिए...बड़े पद की जिम्मेदारियाँ भी बड़ी होती हैं लल्लू के बाबू'' लड़खड़ाए स्वर में सावित्री बोली थी, ''तुम भी तो एक-एक महीने चिट्ठी नहीं देते थे। मैं तड़पती रहती थी। फुर्सत मिलते ही लल्लू जरूर विनीता और पोते के साथ आएगा।''

वे सावित्री की बात का ही समर्थन करते रहे थे। बीमार को मानसिक कष्ट नहीं पहुँचाना चाहिए।

लेकिन सावित्री के आशानुरूप रमेन्द्र नहीं आया। धीरेन्द्र अवश्य आया पन्द्रह दिनों का अवकाश लेकर। नंदिता एक सप्ताह घर रही और एक सप्ताह मायके। एक सप्ताह सावित्री के लिए किसी उत्सव से कम न था। लग रहा था जैसे कोई बीमारी है ही नहीं। विमला को भी दिन भर काम में लगाए रहती। खर्च करते समय वह यह भूल गयी कि बैंक खाली हो चुका है। जो भी हो, ''पोता आया है, मैं रहूँ...न-रहूँ...दिल खोल खर्च करूँगी।''

सावित्री की खुशी देख वे भी खुश थे। ''चलो इतने दिनों के लिए ही सही यह अपनी बीमारी तो भूली है।''

जब बहू जाने लगी, सावित्री ने जिद कर टैक्सी मँगवाई। बैंक से पैसे निकलवाए और धीरेन्द्र और बहू-पोते को साथ ले एक बार फिर गुमटी नम्बर पाँच खरीददारी के लिये गयी। इस बार धीरेन्द्र ने माँ को अधिक खर्च नहीं करने दिया। स्वयं ही किया और माँ और उनके लिए कपड़े खरीदे।

धीरेन्द्र के खरीदे वही कपड़े वे वर्षों तक पहनते रहे थे। बाद में आर्थिक स्थिति ही ऐसी बनी कि वे अपने लिए कपड़े नहीं खरीद सके।

छः महीने बाद रमेन्द्र आया अकेले। सावित्री को झटका लगा। अभी तक वह यह मानकर मन को दिलासा देती रही थी कि वह दफ्तर के काम में उलझा होगा और विनीता को मायके वाले नहीं छोड़ रहे होंगे, इसीलिए लल्लू नहीं आ पा रहा, लेकिन आते समय क्या एक दिन के लिए भी बेटा बहू को नहीं ला सकता था। उसकी शिकायत पर लल्लू बोला था, "अम्मा पिछले हफ्ते पुत्तन (बेटे का घर का नाम रमेन्द्र ने यही रखा था) बीमार हो गया था। विनीता का आने का पूरा प्लान था, लेकिन...अब जब भी आऊँगा अवश्य लेकर आऊँगा।"

माँ की भेजी और उनकी पहुँचाई बधाई के विषय में उसने जिक्र भी नहीं किया और न ही उन्होंने पूछा। सावित्री ने भी नहीं पूछा तो उन्हें लगा था कि उसने उनके मान की रक्षा कर ली है।

'पुत्तन पिछले हफ्ते बीमार हुआ। उससे पहले क्यों नहीं आए! लेकिन तुम्हें अब माँ-पिता की भावनाओं से क्या लेना-देना' यह बात उनकी जुबान पर आयी थी, लेकिन, "आपको मेरी व्यस्तता पर यकीन नहीं है बाबूजी" अगर लल्लू प्रत्युत्तर में यह कह दे तो! जुबान पर आयी बात को दबा गये थे। फिर सोचा था, 'हो सकता है लल्लू लाना चाहता हो बहू को, लेकिन पी.सी.एस. से आई.ए.एस. बने गोपाल प्रसाद की बेटी ने आने से इंकार कर दिया हो। लल्लू श्वसुर के प्रभाव में है, यह तो पहले दिन से ही स्पष्ट है। यह सब नया नहीं है। उनके साथ के भी कई अधिकारी थे, जो ऐसा करते थे। शादी के बाद माँ-बाप की चिन्ता कितने करते हैं। फिर मैंने कभी यह अपेक्षा भी नहीं की। पेंशन मिलती है। मकान है। दो बुड्ढों का खर्च ही कितना! वह तो अगर सावित्री बीमार न हुई होती तो वे न केवल ठाठ से रहते, बल्कि एक-दो का और पालन करते। अभी भी कुछ नहीं बिगड़ा। बैंक लगभग खाली हो चुका है। मकान में किराएदार के रहने से सुरक्षा भी होगी और चहल-पहल भी। नीरसता टूटेगी। कोई छोटा-सा परिवार रख ही लेना चाहिए! मन में निर्णय कर लिया था।

चलते समय लल्लू बोला था, "बाबू जी अम्मा की तबीयत तो अधिक ही खराब दिख रही है। पीछे आया तब इतनी कमजोर न थीं।"

"इलाज तो चल ही रहा है। जो हो सकता है कर रहा हूँ।" न चाहते हुए भी स्वर तिक्त हो उठा था।

"क्यों न दिल्ली ले जाकर दिखाएँ! वहाँ शायद अच्छा इलाज हो सकेगा।"

"हुँह" वे बात टाल गये थे। बेटे को बताना उचित नहीं समझा कि दिल्ली की चिकित्सा की सम्भावनाएँ वे तलाश चुके हैं और यदि ले भी जाना चाहें तो जेब अनुमति नहीं देगी।

"आप ये रुपये रख लीजिए...कुछ और भेजूँगा।" लल्लू ने पाँच सौ रुपये उनकी ओर बढ़ाए तो उन्होंने हाथ हिलाकर मना करते हुए कहा, "इन्हें रखो तुम। बैंक में अभी पैसा है। जब जरूरत होगी तब तुम दोनों भाइयों से ही कहूँगा।"

"बाबूजी...!" उन्हें लगा शायद लल्लू को उनकी बात चुभी है।

"तुम जानते हो रिटायर्ड होने के बाद हमारे खर्च ही कितने रहे! जबकि तुम्हारी तो गृहस्थी है...तुम चिन्ता न करो...जब भी जरूरत हुई फोन करूँगा।"

उसके बाद लल्लू ने कुछ कहा नहीं। रुपये पर्स में रखे और सरकारी गाड़ी में बैठकर चला गया था। वे सोचते रहे थे कि पैसे न लेने से लल्लू को चोट पहुँची होगी। ले ही लेना चाहिए था...लेकिन क्यों? क्या पैसा दे देने मात्र से मातृऋण से मुक्त हो जाते हैं! माँ-बाप क्या बच्चों से यही अपेक्षा करते हैं। मैंने तो कभी की ही नहीं। आवश्यकता ही नहीं रही। उन्हें किसी योग्य बनाना कर्तव्य समझा। बन भी गये। लेकिन जो असमर्थ माँ-बाप बच्चों से ऐसी अपेक्षा करते हैं, वह अस्वाभाविक भी नहीं है। 'हम आपकी आवश्यकताएँ पूरी कर रहे हैं, आपको और क्या चाहिए' सोचने वाले बच्चे यह क्यों भूल जाते हैं कि पैसे से कहीं अधिक आवश्यकता वृद्धावस्था में अपनत्व और प्यार की होती है। बदलती परिस्थितियों में वह यहाँ सम्भव नहीं है, लेकिन कभी-कभी...अवकाश में, त्योहार में...सपरिवार दो-चार दिन आकर रह जाने में जो सुख मिलता है, वह हर महीने या दो-चार महीनों में पैसे देने से नहीं।' सोचते झपकी लग गयी थी।

"तुम कुछ भी कहो लल्लू के बाबू...बड़ा ममतालु है लल्लू। जाते समय आँखें गीली थीं तो मैंने ही टोका, चिन्ता न कर बेटा, मैं इतनी जल्दी जाने वाली नहीं। तुम लोगों से पूरा कर्ज वसूल कर ही जाऊँगी। कुछ दिन के लिए कानपुर बदली करवा ले तो तेरी सेवा का सुख पा लूँ। विनीता के हाथ की सिकी खाई नहीं। नंदिता पहले भी रही और अभी हाल में आकर गयी। वैसे तू बहू को लाएगा नहीं, अब बदली ही करवा ले यहाँ। पोते के साथ रह लूँगी तो सुख से जा सकूँगी।" फिर उन्हें टोका था, "तुम सुन रहे हो न लल्लू के बाबू?"

"हाँ, सुन रहा हूँ।"

"कह तो रहा था कि बदली करवाने की कोशिश करेगा।"

"हुँह।" वे इतना ही बोले थे। जानते थे कि यह झूठी दिलासा है, लेकिन सावित्री के लिए यह झूठी दिलासा भी संजीवनी बने। वह स्वस्थ हो जाए, उन्हें क्या चाहिए।

"लल्लू भी क्या करे लल्लू के बाबू! नौकरी की जिम्मेदारी भी बड़ी चीज है। फिर पुत्तन बीमार न हो जाता तो वह लाता ही। चलो कोई बात नहीं। दो घंटे के लिए वह आ गया तो मन को तसल्ली हुई।" सावित्री सन्तुष्ट थी।

वे सावित्री के चेहरे की ओर देखते रहे। चश्मे के अन्दर आँखें गड्ढे में धँस चुकी थीं। सोचा, कितनी निश्च्छल...भोली है यह। जीवन में न कभी मुझसे कुछ चाहा न मुँह खोलकर कुछ माँगा, जो दे दिया ले लिया, जो पहनाया—पहना...मन में कोई दुर्भावना नहीं। उसके जाने के बाद मेरा क्या होगा!" उनकी आँखें छलछला आई थीं। चेहरा घुमाकर रूमाल रख लिया था आँखों पर।

एक वर्ष बाद सावित्री को माइनर हार्ट अटैक हुआ। हैलट अस्पताल में भर्ती करवाया। दोनों बेटों को फोन किया बाबू रघुनाथ सिंह ने। धीरेन्द्र से बात हुई, और रमेन्द्र के विषय में पता चला कि उसका ट्रांसफर देहरादून हो गया है दो सप्ताह पूर्व। परिवार लखनऊ में छोड़ वह चला गया था। उसके नये दफ्तर का पता लेकर उसे टेलीग्राम दिया। अकेले घर और अस्पताल के बीच वे झूलने लगे। बैंक में पाँच सौ रुपये बचे थे। तभी धीरेन्द्र आ गया और हजार रुपये लेता आया था। उन दिनों इतने बहुत थे उनके लिए। दो दिन रहकर धीरेन्द्र चला गया था। वे फिर अकेले रह गये थे। इस बार मन में आया कि बेटियों को सूचित कर दें, "सावित्री के लिए कितनी बार सबको दौड़ाएँगे। जब स्थिति गम्भीर होगी तब देखेंगे। उनके बच्चों की पढ़ाई में बाधा क्यों डालें। वे भी तो नौकरी करती हैं।" सोचकर वे टाल गये थे। हालाँकि सावत्री बच्चों को देखना चाहती थी। उसे लग रहा था कि अब वह नहीं बचेगी, लेकिन, "मैं जल्दी ही तुम्हें घर ले चलूँगा...घबराओ नहीं। घर पहुँचकर सभी को बुलाना ठीक होगा यहाँ, अस्पताल में अधिक देर टिकने भी नहीं देते।" कहकर उन्होंने सावित्री को आश्वस्त कर दिया था। उनके चेहरे पर नजरें टिका सावित्री ने कहा था, "तुम ठीक कहते हो लल्लू के बाबू।"

सावित्री को एक सप्ताह बाद अस्पताल से अवकाश दे दिया गया। सौ परहेज और महँगी दवाएँ। शुगर कंट्रोल करने की हिदायत। जमापूँजी खत्म हो गयी थी। पेंशन से सावित्री का इलाज सम्भव न था। उन्होंने मकान के दो कमरे किराए पर देने का निर्णय किया। कई बार पड़ोसी सरदार सतविंदर सिंह बवेजा

ने उनसे कहा था, "बाबू जी, ऊपर का पोर्शन किराए पर क्यों नहीं उठाते? पैसे काटते हैं क्या?" वे सरदार की बात टालते रहे थे। लेकिन सावित्री की बिगड़ती स्थिति और शून्य हुए बैंक बैलेन्स ने उन्हें सरदार की बात पर विचार के लिए विवश किया। उन्हें लगा पाकिस्तान से आए ये लोग कितना सोच-विचार करते हैं जीवन के हर पहलू पर, तभी इतने कम समय में अपना व्यवसाय खड़ा कर लिया और कोठी बना ली। जब आए थे तब कंगाल थे। कुछ मदद सरकार से मिली, शेष श्रम, आत्म विश्वास और जीवन के प्रति व्यवहारिक दृष्टि ने उन्हें यहाँ तक पहुँचा दिया। मैं तो सदैव अव्यवहारिक ही रहा। सोचकर चलता तो गाँव की बेची खेती की रकम ही आज कई गुना होकर पास होती। उसके ब्याज से ही सावित्री का इलाज होता। लेकिन घर ही बनवा पाया उससे और शेष यों ही उड़ गयी। 'व्यर्थ गयी ऐसा कहना ठीक न होगा...बेटे-बेटियाँ हैं।'

सोना-चाँदी खरीदा, जरूरत पर प्रह्लाद के बड़े भाई को दिया था। 'चचेरा भतीजा है। लौटा देगा, लेकिन चार वर्ष तक उसकी स्थिति सँभली नहीं और उसके बाद...वह रहा ही नहीं। किससे माँगते पैसे! बच्चे उसके इस योग्य न थे। उसके पत्नी-बच्चों का बोझ प्रह्लाद के सिर आ पड़ा था। प्रह्लाद से कभी कहा नहीं। बाद में उस प्रसंग को ही भूल गये।

सावित्री को घर ले आने के बाद वे टोह में रहने लगे कि सतविंदर सिंह दिखाई दे तो वे किराएदार की बात चलाएँ। उसके घर जाकर यह सब नहीं कहना चाहिए। गर्ज भले ही हो, लेकिन प्रकट नहीं होना चाहिए। आयकर विभाग की नौकरी ने उन्हें इतना तो सिखाया ही था।

एक सप्ताह बाद सतविंदर दिखा। उन्होंने ही उसे सतश्री अकाल कहा। सतश्री अकाल कह सतविंदर ने अफसोस व्यक्त किया, "देखिए बाऊ जी, बिजनेस बड़ी खराब चीज है। ये चार दिन वी पैरा नहीं लगन देदां। आन्टी जी दे बीमार होन्दा पता घर जाके लग्या...आन्टी हुन कैसी है?"

वे जानते थे कि सरदार का टायरों का थोक व्यवसाय है। जे.के. टायर की ऐजेन्सी है। दूसरे शहरों की दौड़ बनी रहती है, लेकिन उन्हें यह बात कभी पसन्द नहीं आती इन लोगों की कि जब भी सामने पड़े अफसोस जाहिर कर दिया। तुम नहीं जानते थे, लेकिन तुम्हारे बीवी-बच्चे तो थे। बीवी एक बार भी न घर आई न अस्पताल। जरूरत पड़ेगी तो रात बारह बजे भी जगा देंगे। इनकम टैक्स बचाने के लिए कितनी ही बार सलाह लेने वह रात-बिरात आ जाता रहा है। भावनाओं में न बहने में ही शायद सफलता का रहस्य छुपा होता है।

"लेकिन मुझे क्या। किसी से इतनी अपेक्षा क्यों? फिर, कभी किसी काम

के लिए कहूँगा तो मना तो करेगा नहीं...करे भले ही न!''

''पहले से बेहतर हैं।''

''गुरु महाराज दी मेहर है...सब ठीक हो जाएगा।''

सरदार की बात पर ध्यान न दे वे सोचते रहे कि उससे किराएदार के विषय में कहना चाहिए या नहीं। टोका है तो कहना ही चाहिए! सरदार की बात खत्म होते ही बोले, ''आप कोई किराएदार बता रहे थे। ऊपर के दो कमरे देना चाहता हूँ।''

''आहो...बाबू जी, एक-दो दिन में बताऊँगा।''

''जल्दी नहीं है।'' फिर रुककर बोले, ''कोई होगा तो साफ-सफाई होती रहेगी।''

''मैं त पहले वी कया सी। होन नी की...''

और दूसरे ही दिन सतविंदर सिंह एक सिख युवक ले आया। ''बाबू जी, मंजीत चंगा बन्दा है। गुमटी बिच स्टेशनरी दी दूकान है। छोटा ज्य परिवार। आप ते दो बच्चे। येदे मम्मी डैडी ते छोटे भा अशोकनगर न रहदें।''

मंजीत लगभग बत्तीस-तेंतीस का नौजवान था। स्मार्ट और मधुर। पूरा नाम था मंजीत सिंह गिल, बिना किसी तहकीकात के उन्होंने मंजीत को कमरे दे दिए। तीसरे दिन ही उसने शिफ्ट कर लिया। उसके सात साल का लड़का और पाँच साल की लड़की थी। बीवी पढ़ी-लिखी सुन्दर और सफाई पसन्द। ऊपर का पूरा पोर्शन धो-पोंछकर साफ रखती। काम समाप्त कर सावित्री के पास आ बैठती। विमला की मदद करती और घर को साफ रखने के लिए उसे उचित निर्देश देती। दवा खत्म होने पर कभी-कभी ''...बाबू जी आराम करें, मैं चली जाती हूँ मेडिकल स्टोर...बाजार भी होती आऊँगी।'' कहकर वह दवा ले आती। वे पैसे देने लगते तो कहती, ''लौटकर ले लूँगी।'' और लौटकर ले भी लेती।

एक महीने में ही मंजीत का परिवार उनका अभिन्न हो गया। सावित्री को बहू-पोतों का अभाव खटकना बन्द हो गया। लेकिन दस महीने ही बीते थे कि सावित्री को मेजर हार्ट अटैक हुआ। इस बार उन्होंने किसी को खबर नहीं दी। मंजीत का भरोसा था। पैसा भी बहुत खर्च हुआ। वे मंजीत के पाँच हजार के कर्जदार हो गये। सावित्री ठीक तो हो गयी, लेकिन कमजोर इतनी कि अब-तब की स्थिति रहने लगी। रमेन्द्र-धीरेन्द्र रूटीन में घर आए। लेकिन उन्होंने अर्थाभाव की चर्चा नहीं की।

छः महीने और बीत गये। डेढ़ हजार का कर्ज और बढ़ा मंजीत का, लेकिन उन्होंने यह अनुभव भी किया कि उनके कर्जदार होने के बाद मंजीत के

स्वभाव में रुखाई आ गयी थी। उसकी पत्नी अब सावित्री के पास नहीं आती थी और बच्चे भी दूर रहने लगे थे। तभी एक दिन मंजीत ने कहा था, "बाबूजी, एक बात कहना है।" मंजीत के स्वर में नाटकीय संकोच उन्होंने महसूस किया।

"कहो, संकोच की कोई बात नहीं है।"

"तवानू पता ही है कि असी बिजनैस वाले ठहरे। ज्यादा देर तक रकम फंसान दा मतलब बिजनैस ठप।"

मंजीत क्या कहना चाहता है वे समझ चुके थे। हालाँकि उन्हें ये कल्पना न थी कि वह इतनी जल्दी तकादा करेगा। बोले थे, "तुम्हारी बात समझ रहा हूँ बेटा...मुझे कुछ वक्त दो। कुछ करता हूँ।"

"दस पंदरा दिन च हो जाए तो अच्छा होगा..." कहकर मंजीत चला गया था। वे कटे पेड़ की भाँति बिस्तर पर ढह गये थे। सोचते रहे थे, "लल्लू से कहूँ या धीरेन्द्र से। धीरेन्द्र के लिए इतनी बड़ी रकम कठिन होगी। लल्लू कर सकता है व्यवस्था। एस.डी.एम. है। उसके लिए मुश्किल नहीं होगा। लेकिन तभी तेजी से दिमाग में आया, "सारे एस.डी.एम. एक जैसे नहीं होते कि किसी व्यापारी को कहा और काम हो गया। आखिर लल्लू मेरा बेटा है, जिसके बाप ने जीवन में कोई समझौता नहीं किया—बेटा कैसे कर सकता है। नहीं उससे भी नहीं कहूँगा।" सावित्री के जेवर तो पहले ही बेच चुका हूँ। जो बचा है वह इतना नहीं, मंगल सूत्र वह बेचने न देगी। कहेगी, "मेरे जीते-जी इसे नहीं बेचो। चाहो तो मकान बेच दो। बाबू पुरवा या जूही के लेबर क्वार्टर्स में दो कमरों का फ्लैट लेकर रह लेंगे।" वह पहले भी ऐसा कह चुकी है।

वे कोई निर्णय नहीं कर पाए। पन्द्रह दिन बीत गये। किराया देने के बहाने मंजीत आया। पैसे देने लगा तो वे बोले, "मंजीत बेटा, पैसों का इन्तजाम कर नहीं सका। तुम किराए के पैसों को कर्ज में एड्जस्ट करो, जल्दी ही कुछ करके तुम्हारे पैसे लौटाऊँगा।"

"बाऊ जी बुरा न मानो तो एक गल कवाँ—"मंजीत चेहरे पर मुस्कान ला बोला, उन्हें अच्छा लगा था कि उस दिन जैसे रुखाई उसमें न थी...'शायद' यह मेरी विवशता समझ रहा है। उन्होंने सोचा था।

"किराए दे पैसयाँ द हिसाब अलग ही रहे ते चंगा होयेगा।" उन्होंने मंजीत के चेहरे पर नजरें टिका दी थीं।

"एक प्रपोजल है।"

"हाँ—हाँ—कहो।"

"जे मैं तोहनू साढ़े तीन हजार दवाँ ते दस हजार हो जाएँगे। इस नू तुसी

पगड़ी समझो या—जे परमिशन दो ते मैं उस पोर्शन को अपने नाम–एलॉट करवा लवाँ।''

''ऐं...?'' वे चौंके थे, लगा था जैसे आसमान से नीचे आ टपके हैं।

''एलॉटमेंट?''

''बाऊ जी, एलॉटमेंट द मतलब ये नहीं कि वो मेरा हो जाएगा—ये त्वाडा ही रहेगा। किराया सौ रुपये घट दवांगा...वैसे भी मैं कानूनन एलॉट कराने का हकदार तो हो ही चुका वाँ।''

''सोचने दो।'' वे इतना ही कह पाये थे।

''सोचने की है बाऊ जी, तुहानू मेरे तो अच्छा किरायेदार नहीं मिलेगा। दूजा किरायेदार रख दे तो ओ एलॉट पहले करादा दसंदा बाद च...खैर, मैं आपको साढ़े पाँच हजार और दे दांगा।''

चुप रहे थे वे। जिन्दगी भर जिस आदमी ने पैसों को अहमियत नहीं दी उससे मंजीत ऐसी भाषा में बोल रहा है। नौकरी के दौरान रिश्वत की बात करनेवालों को वे सीधे दरवाजा दिखाते थे। लेकिन उस दिन वे कितना विवश थे। केवल इतना ही कह सके थे, ''ठीक है, चार दिन में सोचकर बताऊँगा।''

और चार दिन बाद उन्होंने साढ़े पाँच हजार लेकर मंजीत को किराये का पोर्शन एलॉट करवा लेने की अनुमति दे दी थी।

लेकिन वह पैसा भी छह महीने में समाप्त हो गया था, उनकी परेशानी बढ़ गयी थी। मंजीत ने सलाह दी थी कि उसके सामने के खाले पड़े दो कमरे यदि वे किराये पर उठायें और एलॉट करवाने की अनुमति दें तो वह उन्हें पन्द्रह हजार दिलवा देगा। तीन सौ रुपये महीना किराया अलग। उन्होंने वह सौदा भी कर दिया था। गुप्ता था नया किरायेदार। उनके पास नीचे का पोर्शन रहने के लिए पर्याप्त था और छत तो थी ही। किरायेदारों को स्पष्ट कह दिया था कि वे छत को अपने प्रयोग में नहीं लायेंगे।

गुप्ता के पन्द्रह हजार खत्म होने तक सावित्री उन्हें छोड़कर चली गयी थी। उसके जाने के बाद आयी थी विनीता पुत्तन को लेकर। बेटे–बहुएँ, पोते–पोतियाँ, बेटियाँ–दामाद और दूसरे रिश्तेदार जुटे थे। बेटों को किरायेदार रखना पसन्द न आया था, लेकिन इस बात को लेकर किसी ने अधिक कुछ कहा नहीं था।

तेरहवीं के बाद सभी चले गये। तेरहवीं के बाद धीरेंद्र ने साथ चलने के लिए कहा था, लेकिन—''अभी तुम जाओ—सोचकर बताऊँगा।'' उन्होंने कहा था।

और वे अकेले रह गये थे। बाद में उन्होंने निश्चय किया कि वे न किसी

बेटे के पास जाकर रहेंगे और न बेटियों के पास। उनके इस निर्णय को बदलने के लिए किसी ने दबाव भी नहीं डाला था और उनका जीवन अपने ढंग से चलने लगा था।

सावित्री के जाने के साल-डेढ़ साल तक बेटे बीच-बीच में आते रहे थे। दोनों बेटियाँ गर्मी की छुट्टियाँ बिताने के लिए आ गयी थी। कुछ दिन चहल-पहल में कटे थे। लड़कियों का यह सिलसिला कुछ वर्षों तक चलता रहा था, लेकिन बड़े होते बच्चों, परिवार की बढ़ती जिम्मेदारियों और निजी कार्यक्रमों के कारण उनका वह क्रम भंग हो गया था। बेटों का क्रम तो बहुत पहले ही भंग हो चुका था। रमेन्द्र कभी सरकारी काम से नगर में आता तो एक-दो घंटे के लिए मिल जाता। लेकिन उसकी कोई निश्चित अवधि न थी। वह कभी साल में दोर बार आ जाता तो कभी दो साल तक उधर रुख न करता। धीरेन्द्र ही अपेक्षाकृत अधिक आता और कभी-कभी नन्दिता और बच्चों को भी ले आता। धीरेन्द्र के एक लड़का और लड़की थे, जबकि रमेन्द्र के पुत्तन के बाद एक और बेटा सज्जन और बेटी स्मृता थे। ''बच्चे सुखी रहें...मुझे क्या चाहिए। किसी भी पिता के लिए इससे बड़ी प्रसन्नता क्या हो सकती है कि उसकी औलादें ढर्रे से...ढर्रे से ही नहीं बेहतर ढंग से रह रही हैं। समाज में उनकी प्रतिष्ठा है।'' सोचकर मन को सन्तुष्ट करते बाबू रघुनाथ सिंह।

बच्चों ने कभी उनसे यह नहीं पूछा, ''बाबूजी आपने ऊपर की मंजिल किराये पर क्यों दी? किरायेदार रखे, यह उन्हें पसन्द नहीं आया था, लेकिन क्यों रखे यह दोनों में से किसी ने भी नहीं पूछा था, वे कैसे रहते हैं...खाना कौन बनाता है...क्या व्यवस्था है...रमेन्द्र ने कभी इस विषय में जानने की इच्छा व्यक्त नहीं की। धीरेन्द्र अवश्य पूछ लेता और दबी जुबान कुछ सुझाव भी दे देता। हालाँकि उनहोंने कभी किसी का सुझाव नहीं माना।''

सावित्री के जाने के बाद उन्होंने नौकरानी विमला को काम के लिए मना कर दिया था। हफ्ते में एक दिन के लिए उसके छोटे भाई को बुलाते और घर और कपड़ों की सफाई करवा लेते। उस दिन का पैसा उसे दे देते। खाना वे स्वयं पकाने लगे थे। ''एक आदमी के लिए चाहिए ही कितना!'' सुबह सब्जी बनाते तो उसे फ्रिज में रख देते और शाम को भी उसी से काम चला लेते। शाम को बनाते तो सुबह के लिए रख लेते। कभी नहीं भी बनाते। दो ब्रेट स्लाइस खाकर सो जाते। और दस वर्ष यों कट गये कि पता ही नहीं चला। लेकिन शरीर तब भी उनका मजबूत था और वे साइकिल पर लाल बंगले तक बिना थके जाते...लौट आते। पैंतीस-छत्तीस किलोमीटर की यात्रा होती वह। पचास की उम्र तक इतनी

यात्रा वे एक ओर की तय करते थे। तब की बात ही कुछ और थी। जो जी में आता था खाते थे। दूसरे शहरों में पोस्टिंग पर रहते हुए भी सावित्री के कारण कभी घी की कमी नहीं होने पायी। जब भी अवकाश पर आते, जाते समय चार-पाँच किलो घी वह दे देती। कहती, ''लल्लू के बाबू, खाओगे नहीं तो काम क्या करोगे? लिखा-पढ़ी का मामला ठहरा...दिमाग को तर रखना जरूरी होता है?''

''यह सावित्री की खिलायी ही है कि वे इस उम्र में भी दो-चार किलोमीटर साइकिल चला लेते हैं—या पैदल टहल आते हैं। वर्ना इस उम्र तक लोग चारपाई पकड़ लेते हैं...उन्हें सावित्री की याद ने गहनता से आ घेरा तो वह उठ बैठे। बेचैनी-सी अनुभव हुई। एक गिलास पानी पिया और छत पर टहलने लगे।''

''सावित्री के बीमार होने के बाद खाने-पीने, पहनने के शौक जाते रहे थे। लेकिन जिन्दा रहते उसने व्यवस्था में अधिक ढील नहीं आने दी थी। सुबह का दूध बन्द हुआ था तो घी-पनीर आदि विमला से मँगवा लेती थी।''

''लल्लू के बाबू, जब तक साँस चल रही है...कोताही न होने दूँगी। आगे फिर भगवान मालिक...'' सावित्री कहती तो वे उसके प्रति और अधिक चिन्तातुर हो जाते।

लेकिन सावित्री के आँखें मूँदते ही उन्होंने मन को मना लिया था, ''जब खिलाने वाली ही न रही तब खाने का क्या स्वाद!'' और वे धीरे-धीरे हर बात के प्रति उदासीन होते गये थे। सदैव टिप-ऑप रहने वाले उनके कपड़े गन्दे रहते तो भी महसूस न करते। ''विमला का भाई रविवार को आएगा—तब तक खींच लेना क्या बुरा है।'' वे कपड़ों को निहारते और मन को सन्तोष देते सोचते, ''इतने गन्दे भी नहीं हैं। फिर उम्र के हिसाब से अब अच्छा लगता है। इस बुढ़ापे में सज-धजकर रहने का क्या मतलब!''

दस वर्ष बीत जाने तक वे किरायेदारों से कुछ न बोले थे, लेकिन बढ़ती महँगाई और किराया दस वर्ष पूर्व का ही...उन्हें लगा था कि वे दोनों ही उनकी सरलता का अनुचित लाभ ले रहे हैं। हालाँकि उन्होंने अपनी आवश्यकताओं को सीमित कर लिया था, लेकिन पेंशन से कठिनाई से ही काम चल पाता था। बैंक बैलेंस था नहीं और साल-दो साल में बेटियों और नाती-नातिनों के आगमन पर जब अतिरिक्त खर्च करना पड़ता तब हिसाब खराब हो जाता। एक दिन उन्होंने दोनों को बुलाया और किराया बढ़ाने के लिए कहा। सुनते ही दोनों एक स्वर में बोले थे, ''बाबू जी, किराया किसलिए बढ़ाएँ?''

''क्या मतलब?'' वे दोनों के चेहरे देखने लगे थे बारी-बारी।

''हमने एलॉटमेंट के समय जो पगड़ी दी थी...उसका हर महीने कुछ ब्याज बनता है कि नहीं।''

''बनता होगा भाई। लेकिन दस साल में महँगाई कहाँ से कहाँ पहुँच गयी। एक ही वस्तु अब पाँच में मिल रही है। किराया तो आप दोनों को स्वयं ही बढ़ाना चाहिए था। अब जबकि मैं कह रहा हूँ तो आप लोग मुझसे ही उल्टे प्रश्न करने लगे।'' स्वभाव के विपरीत उन्हें क्रोध आ गया था।

''एक बार मकान एलॉट होने के बाद किराया क्यों बढ़ाएँ?'' दोनों समवेत स्वर में बोले थे।

''इसका मतलब यह है कि दोनों ने पहले ही तय कर लिया है कि ऐसे ही बात करनी है।'' उन्होंने सोचा था, ''सीधी उँगलियों घी नहीं निकलेगा।''

''फिर हम दूसरा किरायेदार देख लेते हैं। आप दोनों के पैसे लौटा दूँगा। नहीं चाहिए आप जैसे किरायेदार।''

''सानू कोई परेशानी नहीं बाऊजी। आप पचहत्तर हजार जिस दिन दे देंगे...उस तो अगले दिन खाली कर दवांगे...जे ओदों बारह हजार बिजनेस बिच लगांदा ते डेढ़ लाख कमांदा। आप आधे ही दे दें बाऊजी...''मंजीत सधे स्वर में उनके चेहरे पर नजरें गड़ा बोला तो वे चीख उठे थे, ''यू चीटर...रॉस्कल...'' वे बुरी तरह काँपने लगे थे और आगे कुछ कह न पाये थे।

''चीखने से काम न चलेगा बाबू जी! आप मंजीत को बारह के पचहत्तर देंगे तो मेरा हक तो अधिक ही बनता है। लेकिन कोई बात नहीं...मुझे भी उतने ही दे देंगे तो मैं भी छोड़ दूँगा। सौदा मंजूर हो तो बता दीजिएगा।'' मंजीत के बजाय गुप्ता मुस्कराता हुआ बोला तो उन्हें लगा था कि वे दीवार से अपना सिर टकरा लें।

दोनों उठ खड़े हुए थे जाने के लिए। उन्होंने अपने को संयत कर कहा था, ''आप दोनों जानते हैं न कि मेरे बेटे क्या हैं? अदालत के चक्कर काटोगे तब पता चलेगा।'' वे कह तो गये थे लेकिन तभी उन्होंन सोचा था, यहीं तो वे कमजोर हैं...शायद इन्हें भी मेरी कमजोर नब्ज का पता है इसलिए...।

''आप जो चाहें कर लेंगे। एलॉटमेंट हमने आपकी मर्जी से करवाया था। और किराया बढ़ाने की बात...आप याद करें...पाँच साल से आपने रसीदें नहीं दीं। आप कैसे सिद्ध करेंगे कोर्ट में कि आपको कितना किराया मिल रहा है।'' दोनों कहकर मुस्कुराते हुए चले गये थे तो वे कटे पेड़ की भाँति सोफे में ढह गये थे हताश...बेबस।

और उस महीने के बाद मंजीत और गुप्ता ने उन्हें किराया देना भी बन्द

कर दिया था। दोनों जानते थे कि वे डेढ़ लाख रुपयों की व्यवस्था नहीं कर सकते। कोई दूसरा किराएदार ढूँढ़ना इतना सहज न था। वे बेटों से इस विषय में चर्चा करना चाहते थे, लेकिन जब उन्हें ज्ञात हुआ था कि लल्लू ने लखनऊ में महानगर में अपनी कोठी बना ली है और धीरेन्द्र भी वहाँ इंदिरा नगर में फ्लैट लेकर लखनऊ पहुँच गया है तो उनको कुछ न कहना ही उन्होंने बेहतर समझा था।

'बेटों को इस घर में रुचि नहीं है। वे कुछ कहें भी और दोनों कह दें, "बाबू जी इसे बेचकर हमारे साथ आ जाओ तो..." क्या मैं रह पाऊँगा उनके साथ। अपने हाथों एक-एक ईंट जोड़कर बनवाया है इसे। यहीं मरूँगा। सावित्री की आत्मा को इसी में सुख मिलेगा। वसीयत कर जाऊँगा दोनों के नाम...दोनों के ही नाम क्यों? बेटियों को क्यों छोड़ रहा हूँ!" उन्होंने मन-ही-मन अपने को धिक्कारा था, "बेटियों को भी बराबर का हिस्सा दूँगा। रहें तब तक दोनों किराएदार...अपना-अपना भाग्य..."

उस दिन के बाद बाबू रघुनाथ सिंह ने एक शब्द भी नहीं कहा था दोनों किराएदारों से और न ही बेटे-बेटियों से। और उस घटना को भी दस वर्ष बीत गये। यानी सावित्री को मरे लगभग बीस वर्ष!

घाम दीवार पर पूरी तरह चढ़ गया था। शाम नीचे उतरने की तैयारी करने लगी थी। हल्की ठंड अपना एहसास करवाने लगी थी।

"नीचे चलना चाहिए।" उन्होंने चारपाई दीवार के सहारे खड़ी की और नीचे उतर गये।

"पोते का तिलक है...जाना ही पड़ेगा। नये कपड़े भी बनवाना होगा। पता नहीं बैंक में कितने पैसे हों। कई महीनों से पासबुक की एंट्री नहीं करवाई। कल जाकर चेक करना चाहिए। लखनऊ जाने के लिए भी तो पैसे चाहिए होंगे। खाली हाथ जाना ठीक न होगा। पुत्तन के पैदा होने के बाद बधाई लेकर गया था, उसके बाद लल्लू के यहाँ जाना भी नहीं हुआ। महानगर में कोठी बनवाकर उसने गृह प्रवेश के समय पत्र लिखकर बुलाया था, लेकिन तब बुखार में पड़ा था। गृह-प्रवेश की बात और थी। अब बात और है। बुखार होगा तब भी जाना होगा।" सीढ़ियाँ उतरते समय वे सोचते रहे।

दूसरे दिन बैंक गये थे बाबू रघुनाथ सिंह। खाते में इतने पैसे थे कि वे एक जोड़ी कपड़े बनवा सकते। पैसे निकालते समय उन्होंने सोचा, "जूते भी कई

साल पुराने हो गये हैं...लोग क्या कहेंगे...कोई और कहे या न कहे लल्लू का बूढ़ा श्वसुर गोपाल प्रसाद ही टोक सकता है बाबू रघुनाथ सिंह ने कपड़े तो नये पहन रखे हैं, लेकिन जूते पुराने ही हैं। नये जूते भी खरीद लेना ठीक होगा। बाटा के बहुत महँगे होंगे। लोकल ही ले लूँगा।''

बैंक से रुपये निकालकर गोविंदनगर की परिचित दुकान से पैंट शर्ट का कपड़ा लेकर उन्होंने टेलर को नाप दे दी। ''किसी भी कीमत में बीस नवम्बर तक कपड़े मिल जाने चाहिए।'' टेलर को समझा दिया था। लौटते हुए 'जनता शूज' से जूते भी खरीद लिए। सदैव बाटा के पहनते रहे थे। ''सुनते हैं 'जनता' वाले के जूते भी अच्छे होते हैं। एक बार आजमा कर देख लेता हूँ।'' मन को संतोष दिया था उन्होंने।

घर लौटते हुए याद आया कि पचीस नवम्बर तक ठंड बढ़ जाएगी। सूट बहुत पुराना हो चुका है। पैंट फट रहा है और कोट भी कॉलर, जेबों और बाहों के पास बहुत पुराना होने का आभास देता है। स्वेटर भी कोई अच्छा नहीं है। कभी ध्यान ही नहीं दिया कि नाती-पोतों की शादियाँ भी होंगी। नया खरीदने के लिए पैसे नहीं हैं। फिर...'' तभी याद आया कि उनके पास एक ओवर कोट है काले रंग का। रिटायरमेंट वाले साल खरीदा था। कभी-कभी ही पहना है। वह बिल्कुल ठीक है। उसे ड्रायक्लीन करवा लेना चाहिए।

और घर पहुँचते ही उन्होंने ट्रंक से ओवर कोट निकाला। झाड़ा और देखा ड्राइक्लीन की आवश्यकता है या नहीं कमरे से बाहर रोशनी में दोनों हाथों पर फैलाकर देखा। लगा कि ड्राईक्लीन की आवश्यकता नहीं है। 'पैसे बचे' सोचकर राहत अनुभव की उन्होंने।

बीस नवम्बर का दिन भी आ गया। वे टेलर से कपड़े ले आए। एक बार उसकी दुकान पर पहनकर फिटिंग देखी, फिर घर पहुँचकर देखा। पहनकर आदमकद शीशे के सामने खड़े हुए। ठीक लगा, लेकिन इस पर ओवरकोट कैसा लगेगा! हैंगर से कोट उतारकर, पहना और फिर शीशे के सामने जा पहुँचे, 'दुरुस्त-एकदम दुरुस्त।' चेहरे की झुर्रियाँ फैल गयीं मुस्कान से। फिर एक उदासी ने आ घेरा। ''आज सावित्री होती तो कमेंट किए बिना न रहती। कहती, ''शादी तुम्हारी। नहीं...पुत्तन की—पोते की होने जा रही है। इतना मत सजो।'' फिर आगे जोड़ती, ''लेकिन लग अच्छे रहे हो।'' और वे कहते, ''लोगों को यह भी पता चलना चाहिए कि दूल्हे का बाबा हूँ।''

चेहरे पर फिर मुस्कराहट तैर गयी।

बीस तारीख के बाद हर दिन लखनऊ से किसी न किसी के आने की प्रतीक्षा करने लगे। लल्लू नहीं आएगा तो धीरेंद्र से कहेगा, ''जाकर बाबूजी को लिवा लाओ।'' वैसे दोनों के बेटे भी बड़े हैं। वे भी आ सकते हैं। लल्लू के दोनों बेटों को तीन-चार बार ही उन्होंने देखा है। सामने आ खड़े हों तो पहचान भी न पाएँगे। लेकिन धीरेन्द्र का बेटा तो कई बार आ चुका है। पीछे यही कोई पाँच-छः महीने पहले ही कोई परीक्षा देने। आई.आई.टी. आया था तो आधा घंटा बैठकर गया था। वह भी आ सकता है। चिट्ठी भी आ सकती है, लेकिन चिट्ठी आई तो नहीं जाएँगे। कोई आएगा तभी जाना चाहिए। ''आखिर घर का मुखिया हूँ...दूल्हे का बाबा।'' वे जब भी ऐसा सोचते मन में एक किलक उपजती। लेकिन चौबीस तारीख तक न कोई आया और न ही कोई पत्र आया तो वे निराश हुए। लेकिन विचार कौंधा, 'प्रह्लाद ने काफी पहले यह खबर दी थी मुझे। हो सकता है इतने दिनों में तारीख बदल गयी हो या दोनों में से किसी पार्टी ने इंकार कर दिया हो। यही होगा...वर्ना ऐसा हो ही नहीं सकता कि बेटे का तिलक हो और लल्लू मुझे न बुलाए। परम्परानुसार तिलक का पहला देय घर के बुजुर्ग के हाथ में ही दिया जाता है।' लेकिन तभी मन ने झटका दिया, ''अब परम्पराओं का निर्वाह रहा ही कहाँ और न पहले की भाँति तिलक होता है। तिलक के नाम पर रस्म आदायगी बची है। लोग मिलते हैं। लेन-देन तो बैंक खाते में पहुँच जाता है और रही बुजुर्ग की बात तो लल्लू के श्वसुर भी तो बुजुर्ग हैं, लेकिन जैसा भी हो, खबर तो आनी ही चाहिए थी। नहीं आई, इसका अर्थ है कि तिलक टल गया या शादी टूट गयी।' विचार ने उन्हें पहले से अधिक निराश किया।

''लेकिन हो सकता है कल गाड़ी लेकर कोई लेने आ जाए।'' रात उन्हें देर से नींद आई। सुबह जल्दी ही उठकर नहाकर तैयार हो बैठ गये। दोपहर तक बैठे प्रतीक्षा करते रहे, ''वे कहीं जाएँ और पीछे से कोई आ जाए तो ठीक न होगा।'' दोपहर भोजन भी नहीं किया। दो बिस्कुट के साथ चाय ली। दोपहर बाद छत पर टहलते रहे, लेकिन जब चार बज गये और कोई नहीं आया तब, ''पहले की सोची बात ही सही है।'' सोचते हुए वे नीचे उतर आए और कम्बल लेकर पलंग पर लेट गये। कम्बल की गर्मी से झपकी आ गयी। उठे तो छः बज चुके थे। याद आया रात देर से सोए थे और सुबह जल्दी ही उठकर तैयार हो लगभग 'अटेंशन' की मुद्रा में ही रहे थे। ''बूढ़ा शरीर...थक गया।''

उठकर मुँह धोया और बाजार की ओर टहलने निकल गये। मन हल्का था।

पुत्तन की शादी की बात दिमाग में ठंडी हो गयी थी और दिनचर्या बिल्कुल सामान्य। तभी एक दिन रमेन्द्र का पत्र और शादी का निमन्त्रण एक साथ मिले। वे हतप्रभ थे। उन्होंने सोचा था वह गलत था। प्रह्लाद की सूचना सही थी। लल्लू ने लिखा था, ''बाबूजी, पुत्तन के विवाह का कार्ड साथ संलग्न है, जिससे आपको कार्यक्रम की जानकारी मिल जाएगी। आठ दिसम्बर को शाम पाँच बजे तक बारात काकादेव पहुँच जाएगी। आप तैयार रहेंगे। बारात वहाँ पहुँचते ही मैं गाड़ी भेज दूँगा। पोते को आशीर्वाद देने आपको आना ही होगा। पिछले दिनों व्यस्तता इतनी अधिक रही कि चाहकर भी तिलक के लिए लेने नहीं आ सका। आप मेरी स्थिति समझ सकते हैं। अन्यथा न लेंगे। आठ दिसम्बर को तैयार रहेंगे...शाम पाँच बजे के बाद कोई-न-कोई आपको लेने अवश्य पहुँच जाएगा।''

किंकर्तव्यविमूढ़-सा बैठे रह गये थे वे। पत्र और कार्ड हाथ में झूलते रहे थे। देर तक मन उद्विग्न रहा था। लेकिन, 'अपने जमाने से क्यों तौलते हो आज के समय को बाबू रघुनाथ सिंह!' मन ने कहा था, 'विकास की गति तेज हो गयी है तो आदमी के पास समय स्वतः कम होता जाएगा। लल्लू के पास समय नहीं ही रहा होगा। रही बात तिलक की तो पता नहीं वह किस रूप में हुआ होगा। नहीं जा पाया तो अफसोस कैसा! अब वह आठ दिसम्बर को गाड़ी भेजेगा...तैयार रहूँगा।' मन का उद्वेग ठंडा पड़ गया था।

आठ दिसम्बर को दोपहर बाद ही वे तैयार होकर बैठ गये थे। नये पैंट-शर्ट के ऊपर ओवर कोट डाल लिया था। पास के नाई से शेव करवा आए थे।

शाम छः बजे दरवाजे पर एक एम्बेसडर आकर रुकी। धीरेन्द्र आया था।

''पन्द्रह मिनट में चलना है बाबूजी, आप तैयार हैं न! सात बजे का बैंड है।'' धीरेन्द्र ने पैनी दृष्टि से उन्हें, फिर घूमकर मकान को देखा था।

''तैयार बैठा हूँ। चलो...'' और पन्द्रह क्या वे पाँच मिनट में ही कार में थे। उन्होंने धीरेन्द्र से तिलक के विषय में कोई बात नहीं की।

''धीरेन्द्र भी कितना मशीनी हो रहा है!'' कार में बैठते हुए उन्होंने सोचा।

बारात एक लॉज में ठहरी थी, वे गाड़ी से उतरे तो लल्लू ने आगे बढ़कर पैर छुए। आशीर्वाद देते समय वे भावुक हो उठे। ''इस क्षण सावित्री को होना चाहिए था।'' उन्होंने सबसे नजरें चुरा लीं।

पुत्तन एक कमरे में तैयार हो रहा था। औरतों ने उसे घेर रखा था। विनीता

उन्हें देख कमरे से निकल आई और हाथ जोड़ प्रणाम किया। वे पुत्तन को आशीर्वाद देने जाने के लिए आगे बढ़े, लेकिन औरतों की भीड़ और वहाँ दूल्हे को लेकर चल रहे परिहास के कारण दरवाजे के पास ही ठिठक गये। क्षण भर रुके रहे, लेकिन किसी ने ध्यान नहीं दिया, पुत्तन ने उन्हें देखकर भी अनदेखा किया, ऐसा उन्हें लगा और इससे उन्हें एक और झटका लगा। वे मुड़े। पीछे कोई भी न था। सब इधर-उधर दौड़ रहे थे। युवक दो-चार के ग्रुप में गप्पें लड़ा रहे थे। धीरेन्द्र के बेटे और लल्लू के दूसरे बेटे ने देखा। आए और प्रणाम कर मित्रों के साथ जा खड़े हुए। उनकी आँखें रमेन्द्र और धीरेन्द्र को खोजने लगीं, लेकिन वे दिखे नहीं। 'व्यवस्था में लगे होंगे।' सोचकर भीड़ से एक ओर हटकर खड़े हो गये। थोड़ी देर बाद प्रह्लाद आया, "बाबू जी आप यहाँ क्यों खड़े हैं। बारात चलने के लिए तैयार है। आइए। आपको किसी गाड़ी में बैठा दूँ।"

"प्रह्लाद एक बात बताओ।" रहस्यमय स्वर में उन्होंने पूछा, "बेटियाँ-दामाद नहीं दिख रहे।"

"कोई नहीं आए बाबूजी।" कुछ रुककर प्रह्लाद धीमे स्वर में बोला, "शायद निमन्त्रण ही देर से भेजा गया था। कल दोनों के फोन आए थे कि वे लखनऊ सीधे रिसेप्शन में पहुँचेंगे..."

वे बोल नहीं पाए। सोचते रहे, "कहीं ऐसा तो नहीं कि जानबूझकर निमन्त्रण देर से भेजा हो लल्लू ने।" लेकिन तभी, "मैं भी क्या ऊल-जलूल सोचने लगता हूँ।" वे प्रह्लाद के साथ गाड़ी में बैठने के लिए आगे बढ़ गये।

बारात जब लड़की वालों के दरवाजे पहुँची, भीड़ बढ़ गयी थी। बेटे के परिचितों की संख्या देखकर वे प्रसन्न थे, लेकिन भीड़ में वे अपने को खोया हुआ पा रहे थे। परिचित चेहरे दिखते भी तो क्षण में ही गुम हो जाते। प्रह्लाद ने उन्हें एक कुर्सी पर बैठा दिया। वे घंटा भर से अधिक वहाँ बैठे रहे। इस मध्य लड़की को उसके पारिवारिकजन और सहेलियाँ ले आईं और जयमाला कार्यक्रम के बाद लोग फोटो खिंचवाने लगे तो वे सोचने लगे कि उन्हें बुलाने कोई आएगा। 'आखिर दूल्हे के बाबा के साथ फोटो तो होनी ही चाहिए।' लेकिन कोई नहीं आया।

फोटो खिंचते रहे और वीडियो फिल्म बनती रही। वीडियो की फ्लैश एकाध बार उनकी ओर भी चमकी, लेकिन तब उन्होंने चेहरा घुमा लिया था।

फोटो कार्यक्रम प्रारम्भ होने के साथ ही लोग भोजन के लिए उमड़ने लगे थे। उनके पेट में भी चूहों की धमाचौकड़ी जारी थी। वे इन्तजार करते रहे कि कोई तो आएगा उन्हें भोजन के लिए ले जाने, लेकिन सभी व्यस्त थे। किसी

को उनकी उपस्थिति का जैसे भान ही नहीं था। भोजन करके लोग छँटने लगे थे। दस बजे से ऊपर का समय हो रहा था। इतने समय तक तो वे सो जाते हैं।

"किसी ने लड़की वालों से परिचय भी नहीं करवाया। जैसे मेरा कोई अस्तित्व ही नहीं है। फिर मैं यहाँ बैठा किसलिए हूँ? उठो बाबू रघुनाथ सिंह..." मन ने धिक्कारा... "भोजन तो किसी ढाबे में भी मिल जाएगा और नहीं भी मिलेगा तो क्या एक रात बिना खाए नहीं रह सकते! उठ ही जाना चाहिए अब।" एक दृढ़ निर्णय मन में उपजा और वे उठ खड़े हुए। तभी उन्हें याद आया कि बारात के लिए तैयार होने में सुबह से ही वे इतना खोये रहे थे कि उन्हें चिड़ियों के लिए दाना डालने का ध्यान ही नहीं रहा था।

"चिड़ियाँ आज भूखी रहीं...वे आई होंगी...बैठी होंगी...इन्तजार भी किया होगा...फिर निराश हो उड़ गयी होंगी...हे भगवान...यह मैंने क्या किया।" अपराध भाव से वे भर उठे।

"जाते ही मुझे चिड़ियों के लिए दाने डालना चाहिए...आज भूखी रही हैं...हो सकता है कल सुबह जल्दी आ जाएँ।"

उनके पैर बाहर जाने के लिए उठे। उन्होंने एक नजर मंच की ओर डाली जहाँ पुत्तन होने वाली पत्नी के साथ बैठा था और लल्लू और विनीता उसके पास खड़े हँसते हुए फोटो खिंचवा रहे थे। लड़की की सहेलियाँ दूल्हा-दुल्हन को भोजन करवाती खिलखिला रही थीं।

वे पंडाल से बाहर आ गये।

बाहर कड़ाके की ठंड थी। उन्होंने ओवर कोट की जेबों में हाथ डाले और अँधेरी सड़क पर उतर गये।

दरिन्दे

आप भले ही यह सोचें कि यह किसी विश्वविद्यालय के किसी प्रोफेसर की कहानी है, जिसकी अधीनस्थ अधिकारी ने उसके विरुद्ध यौन प्रताड़ना की लिखित शिकायत वाइस चांसलर से लेकर ऐसे मामलों के लिए गठित शिखर समितियों से की, लेकिन वे लम्बे समय तक कान में तेल डाले बैठे रहे और प्रोफेसर साहब अपने मित्रों और परिचितों से शिकायतकर्ता पर दबाव डलवाते रहे कि वह शिकायत वापस लेकर अपनी नौकरी की रक्षा करे, क्योंकि उसकी नौकरी एडहॉक है।

मेरी कहानी न किसी विश्वविद्यालय के प्रोफेसर बनर्जी, चटर्जी, मुखर्जी, बाली, कमाली, सिंह, शर्मा की है और न ही वहाँ की किसी अधीनस्थ अधिकारी या कर्मचारी मिस मोनिका या मीनाक्षी की । यह कहानी एक विशुद्ध क्लर्क की है, जो एक सरकारी दफ्तर में काम करती थी।

मैं जानता हूँ कि पूरी कहानी सुनने के बाद आप यह कहेंगे कि मेरी पात्रा विमला रस्तोगी और प्रोफेसर के विरुद्ध शिकायत दर्ज करवाने वाली उसकी अधीनस्थ अधिकारी अर्पिता वर्मा की कहानी में साम्यता है। आप यह भी कहेंगे कि विमला रस्तोगी को सतानेवाला महानिदेशक वेणु कामथ और अर्पिता वर्मा से *'तुम्हारे पास बहुत कीमती...'* और *'सट जा या हट जा'* जैसे शब्द कहने वाले प्रोफेसर प्रद्योत सेन में कोई अन्तर नहीं है, लेकिन दोनों में कुछ अन्तर है...अर्पिता वर्मा की प्रताड़ना की कहानी एक पत्रकार को ज्ञात हुई। उसने उसे समझा और अपने राष्ट्रीय दैनिक में प्रकाशित कर दिया। विश्वविद्यालय प्रशासन में कुछ सुगबुगाहट हुई। मेजें हिलीं, कुर्सियों में फुसफुसाहट हुई। वाइस चांसलर ने शिकायत न मिलने, कहीं डाक स्तर में पड़ी होने को लेकर मलाल व्यक्त किया। लेकिन बड़े विश्वविद्यालय के वाइस चांसलर का दिल बड़ा होता है। उन्होंने कहलवाया कि पीड़िता को शिकायत लिख भेजने के बजाय सीधे उनसे मिलकर पीड़ा व्यक्त करनी चाहिए थी। आखिर वह भी प्रोफेसर थे...अभी भी हैं। एक प्रोफेसर के विरुद्ध एक अदने अधिकारी की शिकायत सुनना उनके कर्तव्य क्षेत्र

में आता है। दंड-व्यवस्था बाद की बात है। शिकायत उन तक पहुँचनी चाहिए। पन्द्रह दिन बाद भी नहीं पहुँची तो शिकायतकर्ता को दुखी नहीं होना चाहिए। अर्जी कहीं अटक गयी है। सभी पर काम का बोझ है। फाइलों के बोझ तले अर्पिता वर्मा की अर्जी कहीं दबी होगी। शिक्षा के मन्दिर का छोटा-बड़ा हर पुजारी बहुत व्यस्त है। लेकिन अर्जी का दम घुटने न पाएगा। अन्तिम साँस तक वह निकलेगी और उन तक पहुँच ही जाएगी। लेकिन वह सहृदय हैं...दयालु हैं और अर्पिता वर्मा को उन्होंने स्वयं आकर मिलने का सन्देश दिया। वह गयी और शिकायत ले ली गयी। कृपालु वी.सी. ने दम साधकर प्रोफेसर प्रद्योत सेन के विरुद्ध शिकायत सुनी और अर्पिता वर्मा के अपने चैम्बर से बाहर निकलने के बाद पत्रकार को दिल खोलकर कोसा जो छोटे-बड़े मसलों को एक-सा मानकर मनमाने ढंग से रिपोर्ट छाप देते हैं।

लेकिन मित्र, विमला रस्तोगी किससे शिकायत करती! तब तक यौन प्रताड़ना के विषय में कोर्ट का सख्त आदेश न था और होता भी तब भी सरकारी दफ्तर, जहाँ अफसरों की तानाशाही किसी राजशाही ढंग से कार्यरत है, विमला रस्तोगी को मीडिया तक जाने का साहस न दे पाता।

हाँ, आप ठीक कह रहे हैं। विश्वविद्यालयों में भी प्रोफेसर की तानाशाही सरकारी अफसरशाही से कम नहीं है। पी-एच.डी से लेकर नियुक्तियों तक...सर्वत्र अराजकता व्याप्त है...आपकी सलाह महत्त्वपूर्ण है कि देश के सभी केन्द्रीय विश्वविद्यालयों की नियुक्तियाँ यू.पी.एस.सी. द्वारा संयुक्त विज्ञापन के आधार पर की जाएँ और प्राध्यापक से लेकर प्रोफेसर तक के पद स्थानान्तरणीय हों शायद तब शिक्षा के मन्दिरों में होने वाले भ्रष्टाचार पर कुछ अंकुश लग सके। वर्ना प्रोफेसर के कच्छे ढीले होने की कहानियों पर विराम सम्भव नहीं और न ही अपने चहेतों की नियुक्तियों पर रोक।

आपकी चिन्ता वाजिब है। शिखर समितियाँ भी शिकायतों के बोझ से दबी हुई हैं। वर्षों पुरानी शिकायतों का निस्तारण वे नहीं कर पातीं। उनकी भी समस्याएँ हैं। चार समितियाँ हैं और चारों के अधिकार क्षेत्र अलग हैं। चारों यही निर्णय नहीं कर पातीं कि कौन-सी शिकायत किसके अधिकार क्षेत्र की है। हैं बेशक सभी यौन-प्रताड़ना से सम्बन्धित। किसी महिला प्राध्यापक को उसके सहयोगी ने प्रताड़ित करने का प्रयत्न किया तो किसी छात्रा को उसके प्रोफेसर ने। सभी शिकायतकर्ता अर्पिता वर्मा जैसी भाग्यशाली नहीं कि उन्हें वी.सी. बुला लेते या किसी पत्रकार तक उनकी पीड़ा पहुँच पाती। वी.सी. अति व्यस्त व्यक्ति...देश-देशान्तर के सेमीनारों आदि में उन्हें भाग लेना होता है। किस-किस की सुनें।

अर्पिता वर्मा को सुन लिया यह क्या कम है!

आप ठीक कह रहे हैं। अर्पिता वर्मा जैसी लड़कियाँ उँगलियों में गिनने योग्य हैं। लेकिन हैं...कम-से-कम शिक्षा के मन्दिरों में ऐसी लड़कियाँ हैं। यदि न होतीं तो शिखर समितियों के पास शिकायतों का जो पुलिन्दा पड़ा है, वह न होता। आप यह भी कह सकते हैं कि यह पुलिन्दा पड़ा ही क्यों है? भई, यह प्रश्न न्यायालय के सन्दर्भ में भी उठ सकता है। वहाँ न्याय पाने के लिए जिन्दगी ही गुजर जाती है। पहले ही कहा, इसका सीधा कारण काम के बोझ से है। शिखर समितियों के पास कितना काम है...इसकी कल्पना आप नहीं कर सकते। लेकिन आप इस बात से दुखी क्यों हैं कि अपराधी उन्मुक्त घूमते हैं, दूसरों को प्रताड़ित करने की जुगत खोजते हैं और सबसे बड़ी बात यह कि यदि कभी कुछ कार्रवाई हुई भी उनके विरुद्ध तो उन्हें मात्र चेतावनी दी जाती है, या तीन इन्क्रीमेंट रोक दिए जाते हैं या...केवल एक ही मामला है इस विश्वविद्यालय के इतिहास में कि यौन-प्रताड़ना प्रकरण में एक प्रोफेसर साहब को नौकरी गँवानी पड़ी थी।

लेकिन विमला रस्तोगी एक सरकारी दफ्तर में नौकरी करती थी। जहाँ किसी अधिकारी के खिलाफ शिकायत करना अपराध था। उसकी सजा नौकरी से बर्खास्तगी या स्थानान्तरण था। आप कहते हैं कि बर्खास्तगी विश्वविद्यालय में भी होती है। बताया न कि इस विश्वविद्यालय के इतिहास में केवल एक ही प्रोफेसर को नौकरी से हटाया गया। हाँ, नौकरी जाती है उन्हीं की जो अनुबन्ध पर या एडहॉक होते हैं। नियमित की बर्खास्तगी आसान नहीं। आपने ही बताया कि वहाँ 'यूनियन ताकतवर है'...आप सही कहते हैं। शिक्षकों की यूनियन ताकतवर है। उनकी माँगों के सामने सरकार तक घुटने टेक देती है। वह हड़ताल की धमकी देती है और सरकार दुम हिलाती नजर आती है, लेकिन मित्र, कर्मचारी यूनियन यदि ताकतवर होती तो स्थिति ही कुछ और होती। मुझे लगता है कि इस यूनियन में अवसरवादी बैठे हैं जो अपने निजी लाभ के लिए उच्चाधिकारियों के विरुद्ध आवाज उठाना पसन्द नहीं करते। और यदि करते हैं तो केवल अपने हित साधन के लिए।

लेकिन मैं चाहता हूँ कि अब आप चुप रहें। विमला रस्तोगी की चर्चा चलते ही यदि आप अर्पिता वर्मा या विश्वविद्यालय के प्रसंग छेड़ते रहे तो मैं विमला रस्तोगी की बात आप तक नहीं पहुँचा पाऊँगा, जिसे मैं ही पहुँचा सकता हूँ क्योंकि मैं उसका सहयोगी जो था।

विमला रस्तोगी ने बी.ए. किया ही था कि उसके पिता की मृत्यु हो गयी।

उन दिनों कर्मचारी की मृत्यु पर परिवार के किसी सदस्य, पत्नी या बच्चे को, सहृदयता के आधार पर नौकरी मिल जाती थी। विमला रस्तोगी पिता के स्थान पर क्लर्क बनकर महानिदेशालय कार्यालय में आई। उन्हीं दिनों यू.डी.सी. के रूप में मैं भी उस कार्यालय में नियुक्त हुआ। विमला को मेरे ही अनुभाग में टाइपिंग के काम में लगाया गया। तीखे नाक-नक्श की सुन्दर लड़की थी वह, जिसके बाल कमर से नीचे तक लटकते रहते थे, जिनमें वह दो बेड़ियाँ गूँथती थीं। और जब वह चलती तब दोनों चोटियाँ सर्पिणी की भाँति नितम्बों पर हिलती-डुलती रहतीं थीं।

महानिदेशक कार्यालय का यह नियम था, हो सकता है उस विश्वविद्यालय में भी हो, कि जो भी नया व्यक्ति वहाँ नियुक्त होकर आता, दो-चार दिन में उसकी पेशी महानिदेशक वेणु कामथ के सामने अवश्य होती। मेरी भी हुई और मैंने पाया कि वेणु कामथ बहुत मधुर और सौम्य स्वभाव का व्यक्ति था। साक्षात्कार के दौरान मेरी टाँगें और आवाज काँप रही थीं, क्योंकि अनुभाग वालों ने कहा था कि दबकर ही उत्तर दूँ...साहब नाराज न हों, खयाल रखूँ, इससे मैं भयभीत था। शायद कामथ ने यह समझ लिया था और साहस देते हुए कहा था कि ईमानदारी से अपना काम करूँ और यदि कोई परेशानी अनुभव करूँ तब पी.ए. के माध्यम से उनसे मिलकर बताऊँ।

महानिदेशक के कमरे से बाहर आया तब मैं कुछ और ही था। भय जा चुका था, क्योंकि कामथ ने मुझसे प्रेम से बात की थी और जब विमला रस्तोगी की पेशी हुई, उसे मुझसे भी अधिक प्यार-दुलार से कामथ ने समझाया। विमला भी गद्‌गद् थी। वह मितभाषी थी, अधिकतर अपनी ही सीट पर चिपकी रहने वाली। कभी बात भी करती तो मुझसे, क्योंकि मैंने उससे एक सप्ताह पहले ज्वाइन किया था।

महानिदेशक कार्यालय में उन दिनों दस और महिलाएँ थी। लंच के समय वे एक साथ लंच करतीं। उनके आग्रह पुनराग्रह से विमला उनके साथ लंच करने लगी थी। मेरे परिचितों का दायरा भी बढ़ने लगा था। मैं भी लंच में दो-चार बाबुओं के साथ घूमने जाने लगा। एक दिन एक सहयोगी बोला, "छः महीने बीतने को आए, कामथ ने विमला रस्तोगी को याद नहीं किया?"

"क्यों?" मैंने पूछा।

सहयोगी के चेहरे पर व्यंग्यात्मक मुस्कान थी, "तुझे कुछ नहीं मालूम?"

"क्याऽऽऽ?"

"शिकार।"

"कैसा?" मैं चौंका था। सहयोगी, जो तीन थे, ठठाकर हँसे थे। हम आईस्क्रीम वाले के पास थे। आईसक्रीम ली गयी और बात आई गयी हो गयी थी।

और ठीक उसके अगले सप्ताह सुबह दस बजे प्रशासनिक अनुभाग पाँच, जिसका काम अफसरों और उनके बीवी-बच्चों और बंगलों का खयाल रखना था, का अनुभाग अधिकारी विमला रस्तोगी के पास झुका हुआ कुछ फुसफुसा रहा था। विमला रस्तोगी एक सादा कागज और पेन लेकर उसके पीछे हो ली थी। अनुभाग के बाबुओं ने आँखों-ही-आँखों में एक-दूसरे से कुछ बातें की थीं। मेरा अनुभाग अधिकारी फाइल पर सिर झुकाए कोई नोट तैयार कर रहा था। उसका चेहरा लाल हो उठा था और उसका हाथ काँप रहा था। सच यह था कि अनुभाग के सभी बाबुओं के चेहरों पर तनाव था, उन्हें लग रहा था कि अनुभाग पाँच का अनुभाग अधिकारी उनकी मांद में घुसकर बकरी उठा ले गया था और वे विवश थे कि अपना विरोध भी न जता सके थे। क्षणभर बाद ही सभी के सिर पर गर्दनें यों लटक गयी थीं मानो वे मुर्दा थे। मैं भौंचक एकाधिक बार उन्हें देख काम करने का प्रयत्न करने लगा था।

बीस मिनट भी न बीते थे कि विमला रस्तोगी दरवाजे पर प्रकट हुई। उसका चेहरा पीला और आँसुओं से भीगा हुआ था। सीट पर बैठते ही उसने टाइप राइटर पर सिर रख लिया और सुबक-सुबक कर रोने लगी। उसके आते ही मेरा अनुभाग अधिकारी फाइल दबा कमरे से बाहर निकल गया। अनुभाग के अन्य चारों बाबू क्रमश: एक-एक कर मुझसे यह कहकर चले गये कि वे चाय पीने जा रहे थे। मैं विमला रस्तोगी से कुछ पूछना चाहता था, लेकिन पूछ नहीं सका। भय, जुगुप्सा और आशंका के मिले-जुले भाव ने मुझे घेर लिया और मैं किंकर्तव्यविमूढ़-सा बैठा रहा।

लगभग एक घंटा बीत गया। इस बीच अनुभाग अधिकारी फाइल दबाए दबे पाँव कमरे में प्रकट हुआ। उसका चेहरा अभी भी लाल था। बिना बोले नयी फाइल पर सिर झुका वह कुछ पढ़ने लगा था। मैं समझ रहा था कि वह पढ़ नहीं रहा था केवल पढ़ने का बहाना कर रहा था। अनुभाग अधिकारी के बाद एक-एक कर चारों बाबू आ गये और अपनी सीटों पर सिर झुकाकर बैठ गये। विमला रस्तोगी अभी भी टाइपराइटर पर सिर रखे थी। कमरे में मृत्यु-सा सन्नाटा व्याप्त था। सन्नाटा प्रशासनिक अनुभाग दो के अनुभाग अधिकारी के आने से टूटा। उसके हाथ में एक आदेश की तीन प्रतियाँ थीं। उसने दरवाजे से ही आवाज दी, "विमला रस्तोगीऽऽऽ!"

वह एक दक्षिण भारतीय था...सम्भवत: तमिल। उसे हिन्दी नहीं आती

थी। विमला ने सिर नहीं उठाया, अनुभाग अधिकारी की आवाज कुछ ऊँची और तीखी हो उठी, "आपको दफ्तर का डिसिप्लिन नहीं मालूम?" अँग्रेजी में वह बोला। विमला ने सिर उठाया। आँसुओं की लकीरें उसके मुर्झाए चेहरे पर स्पष्ट थीं। आँखें सूजी हुई थीं।

"ये आपका ट्रान्सफर ऑर्डर है। रिसीव करें..."

विमला का चेहरा फीका पड़ गया। वह शायद नहीं समझ पा रही थी कि उसे क्या करना चाहिए। तभी सामने खड़ा व्यक्ति तमिल लहजे में अँग्रेजी में चीखा, "जल्दी कीजिए और इसे लेकर तुरन्त दफ्तर से चली जाइए। डी.जी साहब का आदेश है। शुक्र है नौकरी नहीं गयी। अभी प्रोबेशन पर है...और नखरे तो देखो..."

वह क्षणभर के लिए रुका, "दस दिन का ज्वाइनिंग टाइम दिया है। आपको चेन्नई के निदेशक कार्यालय में रिपोर्ट करना माँगता। ओ.के....ऽऽ"

विमला ने काँपते हाथों ट्रान्सफर ऑर्डर ले लिया। प्रशासन दो का अनुभाग अधिकारी मेरे अनुभाग अधिकारी से उसी कड़क स्वर में बोला, "मिस्टर सिंह, एक कॉपी आपके लिए..." और रिसीव करने के लिए उसने तीसरी प्रति सिंह के आगे बढ़ा दी।

विमला रस्तोगी झटके से उठी, रूमाल से चेहरा पोंछा। एक दृष्टि सब पर डाली। मुझे लगा शायद उस समय वह कहना चाह रही थी, "तुम सब कापुरुष हो...सब..." सम्भव है वह कुछ और ही कहना चाह रही हो। यह भी सम्भव है कुछ कहना ही न चाहती हो। बहरहाल, वह पर्स झुलाती कमरे से बाहर निकल गयी थी किसी से कुछ कहे बिना। उस समय उसकी चाल में शिथिलता न थी...समर्पण के बजाए उसने सजा स्वीकार कर ली थी।

विमला रस्तोगी पर अपने दो छोटे भाइयों और माँ का बोझ था, लेकिन वह चेन्नई नहीं गयी थी।

आपकी बात सही है कि अर्पिता वर्मा प्रकरण ने आज मुझे सहसा विमला रस्तोगी की याद दिला दी, लेकिन मित्र, इस देश में हजारों-हजार अर्पिता वर्मा और विमला रस्तोगी हैं, जिन पर न किसी पत्रकार की दृष्टि पड़ी न किसी लेखक की और दरिन्दों का खेल बदस्तूर जारी है।

उड़ान

मैं उसे पहचान नहीं पाया। तब, नितम्बों तक लहराते घने काले बाल थे उसके। बालों को वह खुला रखती, जो उसकी पीठ पर छाए रहते। नपे-तुले, लेकिन तेज़ कदमों से जब वह चलती, तब साड़ी पर अठखेलियाँ करते उसके बाल उसके व्यक्तित्व को और अधिक आकर्षक बनाते थे। पाँच फुट तीन इंच की लम्बाई, सुता हुआ गोरा-सुघड़ चेहरा, नुकीली नाक, चमकदार तेज़ हिरणी-सी आँखें, ऊँचा ललाट और उस पर बालों का वितान—कोई भी उसे एक बार देखने के बाद दोबारा देखना चाहता। पहली बार जब मैं मिला, उसे बार-बार दखने की उत्सुकता रोक नहीं पाया। वह भी इस ओर सचेत थी और शायद आनन्दित भी कि उस पर कितने लोगों की नजरें टिकी हुई थीं।

वह क्लर्क थी और विश्वविद्यालय प्रशासन ने उसे हमारे कार्यालय में नियुक्त किया था। छोटा-सा दफ्तर-केवल आठ लोग, जिनमें एक डिप्टी लाइब्रेरियन, एक सेक्शन ऑफिसर, एक कैशियर, एक क्लर्क और शेष हम चार सहायक जो लाइब्रेरी की प्रशासनिक व्यवस्था देखते थे। डिप्टी लाइब्रेरियन आनन्द मोहन का कमरा हमारे हॉल के साथ था। यह एक छोटा हॉल था, जिसमें सेक्शन ऑफिसर सहित हम सात लोग बैठते थे। दीवारों के साथ पाँच अलमारियाँ रखी हुई थीं, जिनके कारण हॉल का बड़ा भाग घिरा हुआ था। सेक्शन ऑफिसर पी. स्वामीनाथन की कुर्सी-मेज का रुख डिप्टी लाइब्रेरियन के कमरे की ओर था। अर्थात् दक्षिण दिशा की ओर, जबकि हम शेष छः का रुख हॉल के मुख्य द्वार की ओर था, जो पश्चिम में था। हॉल के बाद एक बड़ी-सी लॉबी थी। लॉबी की दूसरी ओर लाइब्रेरियन प्रो. महेन्द्र प्रकाश का चैम्बर था, जिसका दरवाजा ठीक हॉल के दरवाजे के सामने था। हॉल का दरवाजा सदैव खुला रहता था। दरवाजा प्रो. प्रकाश के चैम्बर का भी पूरे समय खुला रहता, लेकिन उस पर एक ऐसा पर्दा डाला गया था जिससे प्रो. प्रकाश तो हॉल की समस्त गतिविधियों का जायज़ा लेते रहते, लेकिन हॉल के लोग पर्दे के उस पार प्रो. प्रकाश की झलक तक नहीं

देख पाते थे।

प्रो. प्रकाश ठीक दरवाजे के सामने बड़ी-सी मेज पर बैठते थे और जब भी कोई कर्मचारी या चपरासी पर्दा हटाकर अन्दर प्रवेश करता, तभी हॉल के लोगों को प्रो. प्रकाश की आधी-अधूरी छवि या मेज़ का एक कोना, मेज़ के सामने रखे रैक पर सजी पुस्तकों की झलक मिल पाती थी।

स्वामीनाथन ने उसे प्रवेश द्वार के ठीक सामने की उस मेज पर हम सबसे आगे बैठा दिया था, जिस पर केवल मखीजा बैठता था। मखीजा हेडक्लर्क होकर फ़िजिक्स विभाग में स्थानान्तरित हो गया था।

यह उसका पहला दिन था। मेज़ पर रखे खटारा रेमिंग्टन टाइपराइटर पर बैठते ही उसने अपनी उँगलियाँ उसपर आजमाई थीं। जब उसने सधे हाथों धीरे-धीरे टाइप करना शुरू किया उसकी सुन्दर और कोमल उँगलियों को मैं देर तक निहारता रहा था, जो एक-एक शब्द पर यों पड़ रही थीं मानो कोई अनाड़ी शौकिया चला रहा हो। तभी लम्बे डग भरता स्वामीनाथन लाइब्रेरियन के कमरे से प्रकट हुआ था। उसे देखते ही उसने कहा था, "सर, इस टाइपराइटर पर काम करना बहुत मुश्किल होगा।"

"व्हाट?" हाथ में पकड़ी फ़ाइल को मेज़ पर रखते हुए स्वामीनाथन बोला था।

"जी, सर।"

"ओ.के.।" क्षण भर तक स्वामीनाथन झुककर फाइल पर कुछ लिखता रहा, फिर बोला, "हाँ, आपकी मुलाक़ात डिप्टी सर से हो गयी?"

"नहीं, सर!" वह अपना छोटा-सा पर्स झुलाती उठ खड़ी हुई।

"ओ.के.।" स्वामीनाथन ने फ़ाइल से कोई पेपर निकाला और "चलिए" कहता हुआ डिप्टी लाइब्रेरियन आनन्द मोहन के कमरे की ओर बढ़ा। वह स्वामीनाथन के पीछे डिप्टी के कमरे में चली गयी। वहाँ से कुछ देर बाद निकलकर स्वामीनाथन उसे प्रो. महेन्द्र प्रकाश से मिलवाने ले गया।

आराधना, जी हाँ, उसका नाम आराधना सक्सेना था, के ज्वाइन करने के दूसरे दिन हॉल में हम लोगों के बैठने की व्यवस्था बदल दी गयी थी। पहले हमारी मेज़ों की दो क़तारें थीं और हम एक-दूसरे के पीछे बैठते थे। हमारे रुख हॉल के दरवाजे की ओर होते थे, लेकिन आमने-सामने थे। स्वामीनाथन और आराधना की सीटों की व्यवस्था पहले जैसी ही थी...अर्थात स्वामीनाथन का रुख डिप्टी के दरवाजे की ओर था, जबकि आराधना का रुख हॉल के दरवाजे की ओर। सप्ताह बीतते न बीतते दो परिवर्तन देखने को मिले। आराधना की मेज़

पर नया टाइपराइटर आ गया था। दूसरा परिवर्तन चौंकानेवाला था। महेन्द्र प्रकाश के चैम्बर के दरवाजे का पर्दा खुला रहने लगा था। अब हम पर वह सीधे नज़रें रख रहा था। स्वामीनाथन की सीट दरवाजे की ओट में थी और वह उसकी नजरों से बचा रहता था। महेन्द्र प्रकाश के चैम्बर के दरवाजे से पर्दा हटवा देने के विषय में हम चर्चा करने लगे थे कि उसने हम पर नजरें रखने के लिए ऐसा किया होगा।

महेन्द्र प्रकाश यहाँ लाइब्रेरियन बनकर आने से पूर्व सागर विश्वविद्यालय में लाइब्रेरी विभाग में प्रोफेसर था। यहाँ आने के बाद प्रारम्भिक कुछ समय तक हम उसकी शक्ल देखने को भी तरसते रहे थे, बावजूद इसके कि हम सीधे उसके अधीन थे। तब हमारे हॉल का दरवाजा भी बन्द रहता था और प्रो. प्रकाश के चैम्बर का भी, लेकिन धीरे-धीरे स्थितियाँ बदलती गयीं। नये लाइब्रेरियन का भय जाता रहा और हमारे हॉल का दरवाजा खुला रहने लगा था, लेकिन महेन्द्र प्रकाश का तब भी बन्द रहता था। दरवाजे पर एक चपरासी तैनात रहता था, जो किसी के अन्दर जाते ही लाल बत्ती जला दिया करता और बाहर निकलते ही हरी कर देता, लेकिन कभी-कभी कोई अन्दर न भी होता तब भी बत्ती लाल होती। तब हम लोग अनुमान लगाते कि प्रो. प्रकाश आराम कर रहे होंगे। चैम्बर की बत्ती लाल हो या हरी, पी.ए. को दरवाजा नॉक करके ही जाना होता। हम प्राय: पी.ए. को चैम्बर के दरवाजे पर नोटबुक थामे खड़ी देखते। वह लगभग चालीस वर्षीया दुबली-पतली चपटे गालोंवाली एक सूखी-सी महिला थी, जिसके चेहरे पर हर समय परेशानी झलकती रहती थी।

कुछ समय पश्चात विश्वविद्यालय प्रशासन ने प्रोफेसर के पास से चपरासी हटा लिया था। उसके कुछ दिनों बाद चैम्बर का दरवाजा खुला रहने लगा था, लेकिन उस पर पर्दे अवश्य लटके रहते, जिन्हें सुबह आते ही स्वामीनाथन चुस्त-दुरुस्त किया करता था।

अब वे पर्दे दरवाजे के साथ सिकुड़े हुए टँगे रहने लगे थे।

आराधना को मैं पहचान नहीं पाया। उसका सौन्दर्य व्यतीत की बात हो चुकी थी। पत्र-विहीन पुराने दरख्त की भाँति वह मेरे सामने थी। आँखों के नीचे गहरे नीले धब्बे, सूखा-सिकुड़ा, पिचका शरीर, धूसर-सीमित छोटे बाल...मैं कैसे पहचान सकता था। कभी विश्वविद्यालय कर्मचारियों में अपने सौन्दर्य के लिए चर्चित रही कोई युवती बावन वसन्त में इतना ढल-गल जाएगी, अशोचनीय था। तब वह कैसी-भी बदरंग साड़ी पहनती (वह सदैव साड़ी में ही दफ्तर

आती थी...और नयी और महँगी साड़ियाँ ही पहनती थी), वह उसके बदन पर निखर उठती, लेकिन उस दिन महँगी और सुन्दर साड़ी यों लग रही थी मानो किसी सूखे पेड़ पर उसे लटका दिया गया था।

जब उसने लाइब्रेरी ज्वाइन किया था, कर्मचारी किसी-न-किसी बहाने हमारे यहाँ आने लगे थे, युवाओं से लेकर प्रौढ़ तक। कुछ युवा, जो प्राय: विलम्ब से दफ्तर आते थे, तब आराधना से पहले आने लगे थे और केवल उसकी एक झलक पाने...दो शब्द बातकर लेने...कुछ नहीं तो अपने गुडमार्निंग का जवाब सुनने के लिए लाइब्रेरी के गेट पर बेकली से उसके आने का इन्तजार करने लगे थे। गुलशन कुमार भी उस समय गेट के बाहर होता। उम्र लगभग बत्तीस...सामान्य कद-काठी का गुलशन प्रोफेशनल असिस्टैंट था। वह लाइब्रेरी साइन्स में मास्टर था। पी-एच.डी. करना चाहता था और उसने यह निर्णय किया हुआ था कि असिस्टैंट लाइब्रेरियन बनने के बाद ही शादी करेगा।

लेकिन प्रशासन पदोन्नति टालता जा रहा था। और अब आराधना को देख उसे अपना संकल्प टूटता दिखाई दे रहा था। वह उसके विषय में गम्भीरता से सोचने लगा था, लेकिन वह दूसरे युवाओं से अलग हटकर खड़ा होता और आराधना को आता देख उसकी ओर धीरे-धीरे चल पड़ता और निकट पहुँचकर मुस्कराते हुए गुड मार्निंग कह बस-स्टैंड की ओर चला जाता और पेड़ के नीचे हरेराम की दूकान से चाय पीकर लौटता। तब तक आराधना की प्रतीक्षा में खड़े दूसरे युवा कर्मचारी जा चुके होते थे।

गुलशन दिन में एक-दो बार हमारे यहाँ किसी-न-किसी बहाने आने लगा था। आते ही वह आराधना से मुस्कराकर 'हलो' करता, फिर हममें से किसी के पास बैठ जाता और पाँच-दस मिनट इधर-उधर की बातें करता रहता। दूसरे लोग आते, लेकिन वे केवल ताक-झाँककर चले जाया करते थे।

एक दिन स्वामीनाथन ने हम लोगों से पूछा, "ये गुलशन साहब डेली यहाँ क्या करने आता है?"

हम चुप रहे थे।

"पता करना माँगता...आखिर ये एडमिन सेक्शन है। बड़ा साहब को पता चलेगा तो...।" स्वामीनाथन आगे कुछ कहता, उससे पहले ही हमारा सहयोगी महेश कुमार बोला, "सर, बुरा न मानें तो मैं कुछ कहूँ।"

"बुरा क्या...क्या कहना माँगता?" स्वामीनाथन बोला।

"सर, आप नहीं...मैडम बुरा न मानें।"

"मैडम...मैडम...ओह...।" स्वामीनाथन को समझ आया, वह आराधना

की ओर देखने लगा।

"मुझे क्यों बुरा लगेगा?" आराधना बोली।

"सुनिए सर!" महेश बोला, "गुलशन साहब मैडम की ही बिरादरी के और अभी तक बैचलर हैं, सर!"

"सो व्हॉट?" आराधना चौंकी, "आपका मतलब...?"

"मैंने कहा था न कि मैडम बुरा मान जाएँगी...मेरा मतलब...?" महेश ने बात सँभालने की कोशिश की।

"महेश जी...मैंने बुरा नहीं माना क्योंकि मैंने आपकी बात समझी ही नहीं।"

"इसमें समझाना क्या, आराधना जी? जहाँ तक मैंने समझा है, वह आपसे शादी का प्रस्ताव करना चाहते हैं, लेकिन...?"

"मुझसे शादी...वह हैं क्या? क्लर्क...?"

"क्लर्क नहीं, मैडम...पी.ए. प्रोफेशनल असिस्टैंट हैं। पी.जे. बन जाएँगे... असिस्टैंट लाइब्रेरियन...कभी लाइब्रेरियन भी बन सकते हैं।"

"आज क्या हैं?" आराधना के स्वर में व्यंग्य था, "मैं किसी आबू-बाबू से शादी करने के लिए नहीं जनमी...।" क्षण भर चुप रहकर वह बोली, "तो यह बात है।"

हॉल में सन्नाटा छा गया था। आराधना बाहर चली गयी थी। हमें लगा, वह शायद गुलशन से लड़ने गयी होगी, लेकिन वह महेन्द्र प्रकाश के पी.ए. के कमरे में जा बैठी थी। उसके जाने के बाद स्वामीनाथन बोला था, "महेश, गुलशन को बोल दो...इधर आना नहीं माँगता। जो बोलना है, बाहर ही बोले...बेटर है आराधना के माँ-बाप को बोले।"

गुलशन से महेश ने कहा या किसी अन्य ने या उसने स्वयं सोचा, लेकिन उसने न केवल हमारे यहाँ आना छोड़ दिया, बल्कि आराधना के सामने पड़ना भी छोड़ दिया। उसी ने नहीं, बल्कि दूसरों ने भी अपने को समेट लिया था और पूरे विश्वविद्यालय में यह बात चर्चा का विषय बन गयी थी कि आराधना सक्सेना ने गुलशन कुमार को रिजेक्ट कर दिया है। और यह कि उसका ख्वाब किसी ऊँचे पदवाले के साथ ही शादी करने का है।

शादी के लिए ऊँचे पदवाला कोई आराधना को नहीं मिला, लेकिन ऊँचे पद का विचार वह कभी त्याग नहीं पायी। उन दिनों वह हवा में उड़ रही थी। और उड़ते हुए वह प्रो. प्रकाश के निकट पहुँच गयी थी। प्रो. प्रकाश जब तब उसे बुलाने लगे थे। हमने तब अनुमान लगाया था कि शायद उसके कारण ही

प्रो. प्रकाश के चैम्बर के दरवाजे पर परदा हटा था, न कि हम पर नजरें रखने के लिए। आराधना की मेज प्रो. प्रकाश की चैम्बर के दरवाजे के ठीक सामने थी और दोनों के चेहरे एक-दूसरे के आमने-सामने। लगभग चार महीने बीतने के बाद आराधना की सीट प्रो. प्रकाश के आदेश पर स्वामीनाथन ने पी.ए. के कमरे में वहाँ पड़े सोफे हटवाकर लगवा दी थी। अतिथियों के लिए केवल दो कुर्सियाँ वहाँ डाल दी गयी थीं। अब प्रो. प्रकाश के चैम्बर का दरवाजा पुनः बन्द रहने लगा था और बत्ती लाल-हरी होने का सिलसिला प्रारम्भ हो चुका था, लेकिन अब इस व्यवस्था की जिम्मेदारी स्वयं प्रो. प्रकाश ने सँभाल ली थी। दोनों बत्तियों के स्विच उनकी मेज पर स्वामीनाथन ने फिट करवा दिए थे। अब प्रो. प्रकाश अपनी पी.ए. के स्थान पर आराधना को ही चैम्बर में बुलाते थे। पी.ए. केवल टेलीफोन सुनती थी या टाइपिंग करती थी। जब भी आराधना प्रो. प्रकाश के चैम्बर में होती, बत्ती लाल रहती थी।

विभाग के कर्मचारियों के कान खड़े हो चुके थे और उनकी नाकें लम्बी होने लगी थीं। एक दिन मैंने एक को गुलशन कुमार से कहते सुना, ''बॉस, लगता है, आप अभी भी उसकी माला जपे जा रहे हो?''

''मैं समझा नहीं।'' गुलशन ने भोलेपन से अनभिज्ञता प्रकट की थी।

''छोड़ो भी उसके बारे में अब क्या सोचना?''

''किसकी बात कर रहे हो?'' गुलशन वास्तव में ही नहीं समझ पाया था।

''अरे, उसकी, जो ऊँची उड़ान भरना चाहती थी...आजकल भर भी रही है। भई, बुड्ढा ले उड़ा उसे...।''

''कौन बुड्ढा? किसकी बात कर रहे हो?''

एक ठहाका गूँजा था। दो कर्मचारी और आ गये थे। एक अन्य ने जोड़ा था, ''यार नीरज, तुम उसे बुड्ढा कैसे कहते हो...अभी वह पचास का नहीं हुआ।''

''लेकिन हमारे गुलशन भाई का ताऊ तो है ही और ताऊ के ड्राइवर ने मुझे आज बताया कि मैडम सक्सेना कल देर रात तक उसके बँगले पर थीं। प्रोफेसर के घरवाले भोपाल गये हुए हैं। ड्राइवर मैडम को उसके घर छोड़ने गया था।''

गुलशन का चेहरा सफेद पड़ गया था। इस प्रकरण के कुछ दिनों बाद मैं स्टेट बैंक ऑफ इंडिया में पी.ओ. सेलेक्ट होकर मुम्बई चला गया। लम्बा समय गुजर गया। प्रारम्भिक चार-पाँच वर्षों तक मित्रों से फोन पर ही कभी-कभी चर्चा हो जाया करती थी। आराधना के समाचार भी मिल जाते थे। प्रो. प्रकाश की

सलाह पर ही शायद उसने एक असिस्टैंट से विवाह किया था, जो किसी मिनिस्ट्री में था, लेकिन उसका वैवाहिक जीवन चार महीने भी सफलतापूर्वक नहीं चल पाया था। तलाक हुआ। इस दौरान उसके माता-पिता की मृत्यु हो चुकी थी। एक भाई था, जो अमेरिका जा बसा था। प्रो. प्रकाश ने करोलबाग में उसे विश्वविद्यालय का मकान दिलवा दिया था, लेकिन उस मकान में वह कभी नहीं जाते थे।

गुलशन अभी भी अविवाहित था, क्योंकि वह असिस्टैंट लाइब्रेरियन नहीं बन पाया था।

समय तेजी से बीतता गया और पचीस वर्ष बीत गये। एक दिन प्रो. प्रकाश कोई ऊँचा पद लेकर लन्दन चले गये थे। और आराधना...उड़ती हुई वह उसी धरातल पर आ पड़ी थी, जहाँ से उड़ी थी। लेकिन, विलम्ब हो चुका था।

उसके पश्चात्...जीवन से उदासीन और हताश वह चिड़चिड़ी हो गयी...सूखने लगी। इठलाने-खिलखिलानेवाली आराधना के चेहरे पर हँसी देखे मित्रों को वर्षों बीत चुके थे।

''हलो, आपने मुझे पहचाना नहीं?''

चौंककर मैंने उस पर दृष्टि टिका दी, पहचान फिर भी नहीं पाया।

''आप नितिन अरोड़ा हैं न!''

''जी-जी...और आप?''

''मैं आराधना सक्सेना...कभी साथ...।'' उसका स्वर बेहद शिथिल था।

''ओह...आप...?'' और आगे के शब्द मेरे गले में ही अटक गये थे। उसकी आँखों की दैन्यता मेरे अन्दर उतरती चली गयी थी। मैं कुछ कहता, इससे पहले ही वह जाने के लिए मुड़ गयी थी और यों चल रही थी मानो कोई जीवित कंकाल घिसटता जा रहा था।

यह तो वही है!

अखबार का दूसरा पेज खोलते ही पेज के बाईं ओर नीचे ब्लॉक में छपे समाचार और चित्र को देख रविबाबू चौंके थे। उन्हें लगा आँखें धोखा खा रही हैं। ''यह उस व्यक्ति का चित्र नहीं हो सकता। एक ही शक्ल के दो या दो से अधिक लोग होते हैं। यह निश्चित ही उसका हमशक्ल होगा।'' उन्होंने मोटे लेन्स के चश्मे को चार बार उतारा, साफ़ किया, चढ़ाया और ध्यानपूर्वक चित्र देखने लगे। किसी बड़े हॉल में बैठे लगभग पचास लोग। माइक पर झुका जो व्यक्ति बोलता हुआ दिख रहा था उसके वैसी ही लेनिनकट सफेद दाढ़ी थी जैसी उस व्यक्ति के थी, जिसे वे पचीस वर्षों से जानते थे। उसके बाल भी वैसे ही सफेद थे और ऐसे प्रतीति दे रहे थे कि मानो उसने 'विग' लगा रखा था। उससे वे जब भी कहीं मिले, उन्हें उसके बाल कभी स्वाभाविक नहीं लगे थे। उन्हें सदैव यही लगा कि वह निश्चित ही गंजा होगा, जिसकी असलियत उसकी पत्नी और बच्चे ही जानते होंगे। सम्भव है वह सोते समय भी 'विग' लगाकर सोता हो, लेकिन दाढ़ी को लेकर वे असमंजस में थे। वे सोचते, सम्भव है वह दाढ़ी भी नकली चिपका लेता हो, अपने को भीड़ से अलग दिखलाने के लिए। एक बार उसकी पत्नी सुलोचना ने उनसे कहा था, ''रवि बाबू, शिव के दाढ़ी-बाल से कोई भी उसकी ओर आकर्षित हुए बिना नहीं रह सकता।''

कुछ देर तक मन्द मुस्कराने के बाद वे बोले थे, ''शिव के साथ आपके विवाह का रहस्य आज...'' लेकिन कुछ सोच वे चुप रह गये थे।

लेकिन सुलोचना चुप न रही थी। प्रफुल्लित स्वर में बोली थी, ''रवि बाबू, उस दिन बीस दिसम्बर का दिन था। कमानी में बिरजू महाराज का कार्यक्रम था। मैं अपनी सहेली विनीता जिसे हम विनी कहते हैं, उसे आप जानते हैं, के साथ थी। हम कमानी के गेट के पास फुटपाथ पर थे कि सामने से शिव आता दिखा था। पैन्ट पर काला ओवरकोट, साँवले चेहरे पर दूर से ही चमकती दाढ़ी और सिर पर बालों का टोकरा। सफेद-बिल्कुल भूहा जैसे बाल। कन्धे पर लटकता

थैला..., आप समझ सकते हैं कि सातवें-आठवें दशक में कैसे थैले लटकाकर चलने का फ़ैशन था युवाओं में..., मैं तो अपलक देखती रह गयी थी उसे। कद नाटा, लेकिन मुझे लगा था, आप हँसेंगे नहीं रवि बाबू," उसने उनके चेहरे पर नज़रें गड़ा दी थीं, "सच में वह मुझे लेनिन जैसा लगा था और बस...मैं..." देर तक अतीत सुलोचना की आँखों में फड़फड़ाता रहा था।

"यू नो रवि बाबू, मैं तो सुध-बुध ही खो बैठी थी। पीछे मुड़-मुड़कर शिव को देखती गेट की ओर खिसक रही थी। गति मन्द हो गयी थी। विनी ने शायद यह भाँप लिया था। वह रुक गयी और बोली थी, "सुलोचना मैं तुम्हारा परिचय करवा दूँ।"

"किससे?" मैं नहीं समझ पाई थी कि वह किससे परिचय करवाने की बात कह रही थी।

"तभी शिव...पूरा नाम तो आप जानते ही हैं...शिवमान मोहन...पास आ पहुँचा था। विनी उसे जानती थी। उसने परिचय करवाया, "मेरे भइया के मित्र हैं, कबीर पर काम कर रहे हैं। एक कॉलेज में हिन्दी प्राध्यापक हैं।" परिचय के दौरान मैं जमीन पर गड़ी जा रही महसूस करती रही थी, फिर भी कनखियों से शिव को देखती रही थी। और उस दिन के बाद..."

उसके बाद की कहानी रवि बाबू जानते थे।

लेकिन माइक पर झुका हुआ व्यक्ति तो सर्वहारा की चर्चा कर रहा है...समाचार का शीर्षक तो यही कह रहा था। जबकि उन्होंने जितना शिवमोहन को जाना था उसके अनुसार उसका सर्वहारा वर्ग से दूर-दूर का रिश्ता नहीं था।

अखबार सामने फैला रहा और रविबाबू कुछ देर के लिए अतीत के अँधेरे आकाश में विचरण करने लगे थे।

हिमालय की पहाड़ियों पर बैठी अपने अस्त्र-शस्त्र तैयार करने में व्यस्त शीतलहर के दिल्ली की ओर प्रस्थान करने में अभी कुछ समय था। वह 1970 नवम्बर का एक दिन था। कुछ महीनों की मुलाकातों के बाद सुलोचना शिव के ईस्ट पटेल नगर के किराए के मकान में शिफ्ट हो गयी थी। उससे पहले वह विनी के साथ रहती थी। विनी भाई के साथ रहती भी थी और नहीं भी। एक ही मकान में विनी ने भाई से अलग दो कमरे किराए पर ले रखे थे। विनी एक कॉलेज में तीन वर्षों से एडहॉक पढ़ा रही थी। उसने ऐसा इसलिए नहीं किया था कि भाई या भाभी से उसका झगड़ा था। ऐसा दो कारणों से था। वह देर रात तक पढ़ती थी। सुबह देर से उठती। कॉलेज सायं का था। वह नहीं चाहती थी

कि वह घर के कामों में बिना हाथ बँटाए कोई सुविधा स्वीकार करे। भाभी को क्यों कष्ट दे, जिन्हें वह सुबह पाँच बजे से भाई-बच्चों की तीमारदारी और दूसरे कामों में थकता देखती थी और उन पर तरस खाती थी। उसने भाई की प्रगतिशीलता का लाभ उठाते हुए स्वयं यह प्रस्ताव किया था कि उस मकान के खाली पड़े दो कमरों में, यदि मकान मालिक उन्हें किराए पर देना स्वीकार कर ले तो, वह शिफ्ट हो जाए, जिससे अपना शोध कार्य पूरा करने में उसे सुविधा होगी। उन दो कमरों के साथ किचन भी था। भाई की स्वीकृति तो मिली ही थी। मकान मालिक भी तैयार हो गया था। कुछ दिनों बाद सुलोचना भी उसके साथ आकर रहने लगी थी।

दरअसल दोनों ने लखनऊ विश्वविद्यालय से साथ में हिन्दी में एम.ए. किया था। सुलोचना का घर अमीनाबाद में था, जबकि विनी का अलीगंज में। एक प्रकार से मिडिल क्लास से वे साथ थीं। सुलोचना भी नौकरी के लिए हाथ पैर मार रही थी कि तभी उसका परिचय शिवमान मोहन से हो गया। विनी सुलोचना के शिव के साथ जा रहने के विरुद्ध थी। ''शादी कर लो। फिर जाकर रहो। तुम्हारे घरवालों को मैं जाकर मना लूँगी। शिव के घरवालों को मैं नहीं जानती। वे शायद बलिया के किसी गाँव में रहते हैं। सुलोचना, किसी को समझने के लिए कुछ महीने पर्याप्त नहीं होते...''

''यही तुम्हारी प्रगतिशीलता है?'' उखड़ गयी थी सुलोचना, ''शादी करने के लिए ही साथ रहने जा रही हूँ। पहले न सही। दस दिन, दस महीने बाद सही। फिर, किसी को समझने के लिए महीनों की दरकार नहीं होती...विनी, कुछ क्षण ही पर्याप्त होते हैं।''

सुलोचना के उत्तर से अचम्भित थी विनीता। समझ नहीं पा रही थी कि जो कुछ वह संकेत में कहना चाह रही थी उसे स्पष्ट कैसे करे, वह चिन्तित हो उठी थी। विचारों के बवंडर मस्तिष्क में लहराते रहे थे। काफी देर बाद वह बोली थी, ''कुछ दिन और प्रतीक्षा कर लेने में क्षति नहीं है सुलोचना। भावुकता में हित कम, अहित ही अधिक होता है। समझ से काम लो।''

''विनी, तुम मेरे साथ पढ़ी-लिखी। माना कि विद्यार्थियों को पढ़ा रही हो...कुछ अधिक अक्ल आ गयी होगी, लेकिन...''

तिलमिला उठी थी विनी। संयम टूट गया था, फिर भी सुस्थिर स्वर में बोली थी, ''सुलोचना तुम्हारा जीवन है, जैसा चाहो जियो, लेकिन मित्रता का तकाजा है कि मैं तुम्हें बता दूँ...'' क्षण भर के लिए रुकी वह, सुलोचना के चेहरे पर दृष्टि डाली थी, फिर बोली थी, ''तुमसे पहले भी शिव के साथ गौरांगी नाम

की एक लड़की रहती थी, पहले वह विश्वविद्यालय होस्टल में रहती थी। पैरेंट्स पटना में थे। यह दो वर्ष पहले की बात है, गौरांगी पी-एच.डी. की छात्रा थी। वह कहानियाँ भी लिखती थी। सारिका, साप्ताहिक हिन्दुस्तान और धर्मयुग में उसकी कहानियाँ प्रकाशित हो चुकी थीं। उसकी कहानियाँ पढ़कर शिव उसे खोजता उसके होस्टल पहुँचा था। कौन अपनी रचनाओं की प्रशंसा सुनकर प्रमुदित नहीं होता! वह भी नया रचनाकर। शिव की बातों से वह प्रभावित हुई थी और...और तुम्हारी तरह कुछ ही महीनों में वह शिव के इसी मकान में रहने जा पहुँची थी उसके साथ। बेचारी गौरांगी'', भावुक हो उठी थी विनी, लम्बी आह भरकर बोली थी, ''उसका भाई तब हिन्दू कॉलेज में पढ़ता था। आज वह भी शोध कर रहा है। उसने माँ-पिता को बुला लिया था। बड़ा हंगामा हुआ था। गौरांगी को वे समझा नहीं पाए थे। लौट गये थे वे पटना हताश-निराश।''

''और एक वर्ष शिवमान मोहन के साथ रहने के बाद होस्टल लौट आई थी गौरांगी। मित्रों में खुसफुसाहट थी उसके लौटने पर...शायद झगड़ा...मनमुटाव... 'जूठाकर परे खिसका दिया' जैसे डायलॉग हवा में तैरने लगे थे, लेकिन हर कुचर्चा पर गौरांगी ने विराम लगाते हुए मित्रों से कहा था, ''शिव को दो माह के लिए बाहर जाना है। मैं स्वेच्छा से यहाँ आई हूँ। उसके बिना वहाँ अकेली रहना नहीं चाहती थी। और यह बताते हुए न वह दुखी थी न भावुक। बिल्कुल तटस्थ थी वह।''

''शिव कहीं गया भी था, लेकिन पन्द्रह दिन बाद लौट भी आया था। परन्तु वह गौरांगी से मिलने नहीं आया था। न ही वह विश्वविद्यालय की ओर आया। गौरांगी के किसी मित्र ने उसे कनॉट प्लेस में देखा। गौरांगी को विश्वास नहीं हुआ। वह उसके निवास पर गयी। वह मिला और उसने उसे आश्वस्त किया कि उसे मकान बदलना है। अच्छा मकान किराये पर लेकर वह शीघ्र ही गौरांगी को साथ ले आएगा और वे किसी मन्दिर में शादी कर लेंगे। लेकिन उसका मकान बदलना टलता रहा और गौरांगी की परेशानी बढ़ती गयी थी। और एक दिन...होस्टल के कमरे के पंखे से लटककर उसने आत्महत्या कर ली थी। उसने जो सुसाइड नोट छोड़ा था, उसमें लिखा था, ''अपनी आत्महत्या के लिए मैं स्वयं जिम्मेदार हूँ।'' शिव कुछ दिनों तक परेशान तो रहा था। पुलिस उससे बार-बार पूछताछ करती रही थी, लेकिन किसी प्रमाण के अभाव में वह बच गया था।

''पोस्टमार्टम रपट में गौरांगी के गर्भवती होने की पुष्टि हुई थी। पाँच माह का गर्भ था उसे।'' बात समाप्त कर विनी ने प्रश्नात्मक भाव से सुलोचना की

ओर देखा था।

"शिव ने यह सब बता दिया है।" ठंडे स्वर में सुलोचना बोली थी, "विनी, मैं गौरांगी नहीं हूँ। उसने यदि मेरे साथ विश्वासघात किया तो मैं नहीं वही आत्महत्या करेगा?"

विनी ने मौन धारण करना ही उचित समझा था और उसी शाम सुलोचना शिवमान मोहन के साथ चली गयी थी।

लेकिन जैसा कि सुलोचना ने कहा था, वह गौरांगी की भाँति कमजोर नहीं थी। शिव को उससे विवाह करना पड़ा था, और शिव भी जानता था कि उसने कोई ग़लत निर्णय नहीं किया था। शिव के साथ जाने से पूर्व ही सुलोचना को गृहमन्त्रालय में 'असिस्टेंट' के पद के लिए चयन-पत्र मिल चुका था। उसके लिए दोहरी खुशी थी। शिव के साथ विवाह के निर्णय पर घरवालों ने विरोध किया था। बीस वर्षों तक उनसे सम्बन्ध नहीं रहे थे। इस दौरान माँ की मृत्यु हुई थी। सुलोचना नौकरी में और दोनों बेटों के पालन-पोषण में व्यस्त रही थी। बीस वर्षों बाद उसके दोनों छोटे भाई उससे मिलने दिल्ली आए थे। तब वह पटेल नगर के बजाय वैशाली अपने मकान में पहुँच चुकी थी। लखनऊ से तार पुनः जुड़ गये थे। शिव के साथ वह पिता से मिल आई थी और उसने रवि बाबू को बताया था कि शिव से मिलकर उसके पिता प्रसन्न हुए थे। एक सप्ताह दोनों बच्चों के साथ वहाँ रहे थे।

अगले पन्द्रह वर्षों में सुलोचना के पिता की आर्थिक स्थिति खराब होती गयी थी। दोनों भाई बेकार थे। उनकी शादी न कर पाने की चिन्ता थी। बेकार और फ्रस्ट्रेटेड भाई प्राय: पिता से झगड़ते रहते थे। पिता की आय का स्रोत उत्तर प्रदेश खाद्य निगम से निदेशक के रूप में अवकाश पाने के बाद मिलने वाली पेंशन थी और था किराएदारों से मिलनेवाला पैसा, जो न के बराबर था। घर में कलह का वातावरण।

शिव और सुलोचना बच्चों की ज़िम्मेदारियों से मुक्त हो चुके थे। दोनों बेटे बंगलौर में इंजीनियर थे। दोनों की अपनी नौकरी थी। सम्पन्नता उनके आगे-पीछे घूमती थी। अचानक पिता बीमार हो गये थे। उनके करुण पत्र से अभिभूत सुलोचना शिव के साथ लखनऊ गयी थी और दोनों पूरे साढ़े तीन महीने वहाँ रहे थे। नौ मार्च से तेईस जून तक मुक्तहस्त हो शिव ने ससुर की सेवा में पैसा खर्च किया था। प्रसन्न थे सुलोचना के पिता प्रतापनारायण।

और वे सुलोचना और शिव से इतना प्रसन्न हुए थे कि हवेलीनुमा मकान उन्होंने अपने बाद केवल देखभाल करने के लिए सुलोचना के नाम कर दिया

था। भाइयों को पता चला तो गृहकलह ने रौद्र रूप ले लिया। दिन भर युद्ध की सी स्थिति रहने लगी। शिव और सुलोचना पिता की ओर से मोर्चा सँभाले रहते, लेकिन पिता मोर्चा हारते जा रहे थे। वह और अधिक बीमार होते गये थे।

शिव और सुलोचना चौबीस को दिल्ली लौटे और पच्चीस को उन्हें प्रतापनारायण की मृत्यु का समाचार मिला था। उसी रात दोनों लखनऊ के लिए रवाना हुए। क्रिया-कर्म काल में दोनों भाइयों के साथ सुलोचना का मोर्चा खुला रहा था। जो कुछ हो रहा था वह किराएदारों के लिए अनुकूल था। उनके अपने हिस्से पक्के थे। निकाले भी गये तो कुछ लेकर ही जाएँगे यह सभी ने तय कर लिया था। प्रतापनारायण के क्रिया-कर्म के लिए ठहरने के दौरान शिव ने लखनऊ के एक बिल्डर से एक करोड़ में मकान का सौदा कर लिया था, लेकिन सुलोचना को बताया नहीं था। दोनों दिल्ली पहुँचे ही थे कि सप्ताह बीतते-न-बीतते सुलोचना को सूचना मिली कि छोटे भाई ने आत्महत्या कर ली है।

''यह सब क्या हो रहा है शिव?'' सुलोचना ने शिवमान मोहन से पूछा था।

''उनका प्रारब्ध! तुम कर क्या सकती हो!''

''हमें जाना चाहिए। आखिर, वह मेरा छोटा भाई था।''

देर तक चुप रहने और सुलोचना के चेहरे पर नजरें गड़ाए रहने के बाद शिव बोला था, ''फिर सोचना क्या?'' कुछ देर के बाद उपयुक्त अवसर पा वह बोला, ''सुलोचना बताना भूल गया था। अन्यथा न लेना। एक बिल्डर से बात हुई थी। उसने मकान देखा था। कल उसका फोन आया था। खरीदना चाहता है। शायद शॉपिंग कॉम्प्लेक्स बनाना चाहता है। जल्दी ही रजिस्ट्री करवाना चाहता है। हम चल तो रहे ही हैं। तुम चाहो तो...''

''शिव, पिताजी ने मकान मेरे नाम इसलिए नहीं किया था कि हम उसे बेच दें। बेच तो वे भी सकते थे...'' शिव चुप रहा था। ऐसे अवसरों पर वह चुप ही रहता था।

''गौरव चला गया। बेवकूफ था। आत्महत्या करने की क्या आवश्यकता थी उसे। लेकिन रघु है अभी। मकान मैं उसे दे दूँगी। उसका विवाह करूँगी। वही तो बचा है...'' फूटफूटकर रोने लगी थी सुलोचना।

मकान रघु को देने और उसका विवाह करने की सुलोचना की बात से हिल उठा था शिव। ''भावुक मत हो सुलोचना। तुम्हें बताना उचित समझता हूँ। बिल्डर ने बताया है कि रघु का कहीं अता-पता नहीं है। क्या पता उसने भी...''

चीख उठी थी सुलोचना और देर तक शिवमान मोहन के चेहरे की ओर टुकुर-टुकुर देखती रही थी। अचानक उसके सामने विनीता का चेहरा घूम गया

था, लेकिन कुछ बोल नहीं पाई थी। अपने को बहुत बोल्ड समझने वाली वह प्राय: शिव के सामने हथियार डाल देती रही थी।

बिल्डर को मकान बेचने के दो महीने बाद ही सुलोचना की भी मृत्यु हो गयी थी। रवि बाबू को शिव ने बताया था कि सुलोचना दो वर्षों से कैंसर से पीड़ित थी। धूमधाम से उसका क्रिया-कर्म किया था शिव ने। उसकी तेरहवीं के दिन गाँधी भवन में दिनभर साहित्यिक कार्यक्रम का आयोजन किया गया था। सुलोचना कविताएँ लिखती थी, जिसकी जानकारी भी उसी दिन रवि बाबू को हुई थी। उसके दो कविता-संग्रह दस दिनों के अन्दर प्रकाशित करवाए गये थे। दोनों का विमोचन उस दिन हिन्दी के दो वरिष्ठ कवियों ने किया था। कई बड़े आलोचकों, कवियों और प्रगतिशील लोगों ने सुलोचना को महान कवयित्री, और पति-पत्नी को गरीबों के लिए जीनेवाला संघर्षशील-क्रान्तिकारी दम्पती बताया था। उन पर बनाया गया एक वृत्तचित्र भी वहाँ दिखाया गया था, जिसमें साक्षात्कार में एक प्रश्न के उत्तर में शिव के बगल में बैठी सुलोचना कह रही थी, "मैं शिव को कबीर के रूप में देखना चाहती थी, लेकिन..."

एक कबूतर खुले दरवाजे से घुस आया था और पर फड़फड़ाता बाहर निकलने के लिए पंखे के चारों ओर चक्कर काटने लगा था। रविबाबू की चेतना लौट आई थी और वे अखबार में समाचार पढ़ने लगे थे, "बीस नवम्बर, नई दिल्ली, भारतीय सर्वहारा संघर्ष समिति" के महासचिव शिवमान मोहन ने भारत के सर्वहारा वर्ग का आह्वान करते हुए कहा कि पूंजीवादी-साम्राज्यवादी शक्तियों को कुचलने के लिए उन्हें एकजुट होने की आवश्यकता है। पूंजीवादी शक्तियाँ उदारीकरण के नाम पर..." और रविबाबू सोचने लगे कि यह तो वही है...वही शिवमान मोहन, सुलोचना का पति...जिससे वे वर्षों से परिचित हैं, लेकिन पहचान नहीं पाए...शायद इसलिए कि उनकी आँखों पर बड़े फ्रेम का मोटे लेन्सवाला चश्मा चढ़ा हुआ था। "कैसी कायापलट है यह" उन्होंने सोचा था। रवि बाबू का मन कसैला हो उठा। उन्होंने अखबार उठाकर एक ओर फेंक दिया और सोचने लगे कि इस देश में आज ऐसे छद्मवेशी ही सब प्रकार से सफल हैं। उन्होंने दीर्घ नि:श्वास ली और आँखें बन्द कर लीं। उन्हें एक दैत्याकार आकृति उभरती हुई प्रतीत हुई। वे उसे पहचानने का प्रयत्न करने लगे। वह शिवमान मोहन की थी...नहीं किसी अंडरवर्ल्ड डॉन की...किसी राजनेता की...बुश की...ब्लेयर की...और तभी उन्हें लगा कि उसमें वे सभी समाहित थे...आकृति फैलती जा रही थी। सुलोचना के पिता, भाई...गौरांगी...गुजरात...बिहार...मऊ...इराक और...

वह चुप हैं

वह चुप हैं...बिल्कुल ही चुप।

वैसे कम बोलना उनकी आदत है। यह आदत उन्होंने विकसित की है। कभी वह अधिक बोलते थे जिस पर उन्होंने सप्रयास नियन्त्रण पा लिया। वह जानते थे कि कम बोलने के लाख लाभ होते हैं। साथी मुँह ताकते रहते हैं कि वह कुछ बोलें, लेकिन वह चुप रहते हैं। दूसरों को सुनते हैं और उनके कहे को अपने अन्दर गुनते हैं। अवसरानुकूल कुछ शब्द उच्चरित कर देते हैं...एक-एक शब्द पर बल देते हुए। वह अपने वाक्यों की असम्बद्धता की चिन्ता नहीं करते। चिन्ता करते हैं अधिक न बोलने की। अधिक बोलने को अब वह स्वास्थ्य खराब होने के कारणों में से एक मानते हैं। स्वास्थ्य को वह व्यापक अर्थ में लेते हैं, जो शारीरिक ही नहीं सामाजिक, आर्थिक, राजनैतिक...व्यापक सन्दर्भों से जुड़ता है।

वह कम अवश्य बोलते हैं, लेकिन बिल्कुल चुप उन्हें पहली बार देखा गया है। मिलने आने वालों को उनकी पत्नी शालिनी दरवाजे से ही टरका देती हैं यह कहकर कि सुशान्त जी का स्वास्थ्य ठीक नहीं है।

"शालिनी जी, दो दिन पहले सुशान्त जी बिल्कुल स्वस्थ थे..." मिलने आए एक युवक के कहने पर वह बोलीं, "कल से स्वास्थ्य खराब है। छींक रहे हैं और गला भी खराब है।"

"शालिनी जी," युवक बोला, "वह स्वयं न बोलें, बस मुझे सुन लें। उनके लिए एक आवश्यक सूचना है।"

शालिनी ने उस अपरिचित युवक को घूरकर देखा, "आप मुझे बता दें, मैं उन्हें बता दूँगी।"

युवक ने शालिनी की ओर अखबार बढ़ाते हुए कहा, "परसों शाम 'जनाधार लेखक संघ' की ओर से प्रख्यात साहित्यकार कामेश्वर जी की मृत्यु पर शोक सभा आयोजित थी। सुशान्त जी भी बोले थे, बोलते हुए उन्होंने कहा था कि

कामेश्वर जैसे व्यक्ति इसलिए हमारी श्रद्धांजलि के हकदार हैं क्योंकि उन्होंने थोड़ा-बहुत कुछ लिखा है। वर्ना उनका जीवन इतना अराजक...चरित्र इतना कमजोर...''

''आप कहना क्या चाहते हैं?'' शालिनी ने युवक को नजरें तरेरते हुए टोका।

अविचलित युवक ने 'आजाद भारत' अखबार बढ़ाते हुए कहा, ''इसमें सुशान्त जी के कथन की भर्त्सना की गयी है। मुझे 'जनाधार लेखक संघ' के सचिव व्याकुल कुमार जी ने यह कहकर भेजा है कि सुशान्त जी 'आजाद भारत' को यह कहते हुए अपना खंडन भेज दें कि उन्होंने वैसा नहीं कहा था। रिपोर्टर ने उनकी बात को तोड़-मरोड़कर प्रस्तुत किया है।

''जी शुक्रिया। मैं उन्हें बता दूँगी।'' आजाद भारत की प्रति युवक से लेती हुई शालिनी बोली और युवक को दरवाजे पर खड़ा छोड़ दरवाजा बन्द कर लिया।

वह चुप हैं और चुप होने का कारण पूछने पर भी उन्होंने शालिनी को नहीं बताया।

एक और समय वह चुप रहने लगे थे, लेकिन बिल्कुल चुप नहीं थे। तब उनके स्कूटर ने उनके अन्दर उथल-पुथल मचा रखा था। चार वर्षों से वह उनके गैराज में खड़ा था। बेटे के लिए उसे खरीदा गया था। बेटा उससे कॉलेज जाता...दिल्ली कॉलेज ऑफ इंजीनियरिंग, जहाँ से वह इंजीनियरिंग कर रहा था। इन्जीनियरिंग कर वह चार साल पहले एम.एस. करने अमेरिका चला गया और एम.एस. कर वहीं नौकरी करने लगा। बेटे के जाने के बाद स्कूटर को गैराज में बन्द करने के बाद न उन्हें गैराज खोलने की आवश्यकता अनुभव हुई और न ही स्कूटर का खयाल आया। दरअसल बेटे के लिए उन्होंने नहीं शालिनी ने उसे खरीद दिया था। उनके यहाँ स्कूटर है यह अनुभूति उन्हें तब होती जब कभी-कभार उसे वह गेट के बाहर खड़ा देखते। वैसे होता यह था कि जब वह सुबह नौ बजे सोकर उठते बेटा कॉलेज के लिए जा चुका होता था। शालिनी विदेश मन्त्रालय में सहायक निदेशक राजभाषा थी और वह भी कार्यालय जा चुकी होती थी।

सुशान्त, जिनका पूरा नाम शुशान्त राय था, उठते, अंगड़ाई लेते, खिड़की से झाँककर सड़क की आमद-रफ्त का जायजा लेते हुए दाढ़ी पर हाथ फेरते, जिसकी वह बहुत साज-संवार करते थे। फिर बिस्तर छोड़ किचन में जाते, जहाँ शालिनी थर्मस में उनके लिए चाय बनाकर रख जाती थी।

चाय पीते हुए वह दिन के अपने कार्यक्रम पर विचार करते। अखबार पर सरसरी दृष्टि डालते और विशेष रूप से दुघर्टनाएँ, हत्या, बलात्कार और लूट-पाट की खबरें पढ़ते। ये खबरें उन्हें चिन्ता में डाल देतीं। वह अपने को असुरक्षित अनुभव करते...और घर, शालिनी और बेटे अखिल को लेकर चिन्तित हो उठते।

बलात्कार शब्द पर उनकी नजरें अधिक देर तक टिकतीं। उस समाचार को वह गौर से पढ़ते और मन में विचलन अनुभव करते रहते। विचलन अनुभव करते हुए उन्हें बरबस सुहासिनी की याद हो आती। याद तब अधिक आती जब उससे मिले उन्हें दो-तीन सप्ताह बीत चुके होते।

सुहासिनी उनकी छात्रा थी...उनके निर्देशन में पी-एच.डी. कर रही थी। उसके रजिस्ट्रेशन के बाद उन्होंने उसकी इस प्रकार उपेक्षा की कि एक दिन वह रो पड़ी थी। वह काम करके लाती। वह देखते...देखते नहीं, बल्कि गम्भीरतापूर्वक देखने का अभिनय करते और कुछ देर बाद रजिस्टर उसकी ओर सरका देते, ''बात बनी नहीं सुहास...दोबारा लिखो...'' और वह कुछ पुस्तकों के नाम बता देते, ''इन्हें पढ़ो। दिशा मिल जाएगी।''

एक-एक चैप्टर को पाँच-छः बार उन्होंने उससे लिखवाया। दो वर्षों में सुहासिनी केवल तीन चैप्टर ही लिख पाई। समय समाप्ति की ओर तेजी से बढ़ रहा था और यही वह चाहते थे। चौथे चैप्टर को जब पाँचवीं बार उन्होंने रिजेक्ट किया सुहासिनी के धैर्य का बाँध टूट गया और वह फफक पड़ी, ''सर, मैं पी-एच.डी. नहीं करूँगी।''

''च्च...च्च...ऐसा नहीं सोचते सुहास।'' सोफे पर उसकी ओर खिसक गये थे वह और अपनी उँगलियों से सुहासिनी के आँसू पोंछते हुए बोले थे, ''तुम प्रतिभाशाली हो...समझदार भी...लेकिन पता नहीं क्यों नासमझी करती जा रही हो...अब तक कब की थीसिस सबमिट हो चुकी होती। कहीं एडहॉक पढ़ा रही होतीं।''

सुहासिनी का रोना बन्द हो गया था। वह सोचने लगी थी, ''क्या सच ही वह प्रतिभाशाली है...लेकिन सर ने कहा...अभी कहा...''

सुहासिनी सोच में डूब गयी...वह कुछ और परिश्रम करेगी...उसे प्राध्यापक बनना है...वैसा ही करेगी जैसा सुशान्त सर कहेंगे...''

और उसको वही करना पड़ा जैसा सुशान्त राय ने कहा। शालिनी दफ्तर जा चुकी थी और बेटा कॉलेज...तब से सुहासिनी को अकेले में वह सहवासिनी

कहकर पुकारने लगे थे।

सुहासिनी ने पी.एच.डी. की और एक कॉलेज में उनके सहयोग से एडहॉक पढ़ाने लगी। उसे रेगुलर होना है और वह सोचती है कि उसके सर यानी सुशान्त सर...उसके रेगुलर होने में भी सहायक होंगे। इसीलिए वह दस-पन्द्रह दिनों में उनके घर आती है...कॉलेज जाते समय...शालिनी के कार्यालय जाने के बाद। लेकिन उस दिन ऐसा नहीं हुआ। शालिनी को ज्वर था। वह कार्यालय नहीं गयी थी।

सुहासिनी घर आए और सुशान्त अपने को नियन्त्रित रख लें, सम्भव नहीं था। चार वर्षों बाद उन्हें गैराज की याद आई थी। बमुश्किल चाबी खोज पाए थे वह। ज्वर के कारण शालिनी अर्द्धचेतनावस्था में थी।

सुशान्त कठिनाई से गैराज का ताला खोल पाए, क्योंकि उसमें जंग लग चुकी थी। गैराज में जमी धूल की पर्त और दीवारों में लगे जालों ने एक बार तो उन्हें हतोत्साहित किया था, लेकिन उसका विकल्प उन्होंने खोज लिया था। 'चटाइयों का आविष्कार शायद ऐसे अवसरों के लिए ही हुआ था' उन्होंने उस समय सोचा था। उतावलेपन के उस क्षण उस बाधा से मुक्ति आवश्यक थी। मुक्ति उसे हटा देने से ही सम्भव थी, लेकिन चार वर्षों से एक ही जगह अड़े स्कूटर को हटाना उनके लिए किसी पहाड़ को हटाने जैसा था। भले ही उन्होंने दुनिया को चलाया था, लेकिन स्कूटर चलाना तो दूर, आने के बाद उसे हाथ भी नहीं लगाया था। उसे हटाने से शालिनी के उठ आने का खतरा भी था। उसे खिसकाकर उन्होंने धूल और जालों की परवाह न कर धूलभरी फर्श पर किसी तरह आधी-अधूरी चटाई बिछा ली थी। ऐसे अवसरों में असुविधाओं में सुविधा खोज लेना उनकी फितरत था।

लेकिन स्कूटर उनके दिमाग में अटक गया था। वह सड़क पर दौड़ने के बजाय उनके दिमाग में दौड़ने लगा था। उसे घर से बाहर कर देने का निर्णय उन्होंने कर लिया था। उसे बेच दें या किसी को दे दें इस द्वन्द्व में वह कई दिनों तक फँसे रहे थे। बेचने से अधिक किसी को दे देना उन्हें अनेक दृष्टिकोण से उपयुक्त लगा था, लेकिन कुछ मुफ्त देना उनके सिद्धान्त के विरुद्ध था। मुफ्त पाने वाले की आदतें खराब हो जाती हैं। वह श्रम से बचने लगता है...इससे न उसका विकास होता है और न देश का। 'मुफ्त' देने-पाने की नीति उनके प्रगतिशील विचारों के विरुद्ध थी। अपने प्रगतिशील विचारों के प्रतिपादन के लिए उन्होंने अपने कुछ सिद्धान्त तय किए थे और उन सिद्धान्तों का वह कठोरता से पालन करते थे।

सोच-विचारकर उन्होंने 'जनाधार लेखक संघ' से जुड़े अपने एक छात्र को स्कूटर देने का निर्णय किया। संघ की परिकल्पना में उनकी भी भूमिका रही थी, जिससे उनके कुछ छात्र भी उससे जुड़े हुए थे। समय-समय पर वे संघ की ओर से धरना-प्रदर्शन कर लेते...जन्तर-मन्तर पर सरकार के विरुद्ध नारे लगा लेते। संघ से जुड़े लोग प्रसन्न हो लेते कि वह सरकार की दुर्नीतियों के विरुद्ध आवाज बुलन्द कर रहे थे, जबकि संघ के पदाधिकारी इससे सरकारी तन्त्र पर दबाव बनाकर अपने हित साध लेने से प्रसन्न होते थे।

एक दिन राजीव प्रसाद नाम के उस युवक को उन्होंने घर बुलाया। उसकी पढ़ाई, समस्याओं आदि की चर्चा कर कहा, "राजीव तुम्हें एक प्रोजेक्ट पर काम करना है।"

"कैसा प्रोजेक्ट सर?"

"'स्वातंत्र्योत्तर हिन्दी उपन्यासों में स्त्री विमर्श' विषय पर कुछ काम करना है।"

"सर..." राजीव के स्वर में कम्पन था।

"मैं तुम्हारी सहायता करूँगा। यही कोई दो-ढाई सौ पृष्ठों की पुस्तक...पर्याप्त पारिश्रमिक मिलेगा। पाँच दशकों के महत्त्वपूर्ण उपन्यासों की सूची मैं लिखवा दूँगा। प्रत्येक दशक के आधार पर पाँच अध्याय और छठवाँ अध्याय उपसंहार।"

"सर...मैं...।"

"अरे घबड़ाते क्यों हो? मैं हूँ न!" दाढ़ी पर हाथ फेरते हुए सुशान्त राय बोले, "इसके लिए कुछ परिश्रम करना होगा...कुछ पुस्तकालयों की खाक भी छाननी होगी...उसके लिए तुम मेरा यह स्कूटर ले जाओ। केवल कार्य करने तक के लिए ही नहीं...इसे मैं तुम्हें दे रहा हूँ।"

राजीव उनके चेहरे की ओर देखने लगा तो वह बोले, "ऐसे क्यों देख रहे हो! भई मुफ्त में नहीं दे रहा हूँ...काम करवा रहा हूँ। तुम प्रतिभाशाली हो और प्रतिभाशाली लोग मुझे प्रिय हैं। मैं उनके लिए कुछ भी करने को तैयार रहता हूँ।"

"सर..." राजीव कसमसाया। वह सोच रहा था कि उसके लिए अपनी एम.फिल का शोध प्रबन्ध ही भारी पड़ रहा है, ऊपर से इतना भारी-भरकम काम...कैसे कर पाएगा वह!"

"इसे दो महीनों में पूरा करना है...फिर अपने एम.फिल का काम करते रहना...अभी उसके लिए पर्याप्त समय है।" और उन्होंने राजीव की ओर स्कूटर

की चाबी उछाल दी थी। चाबी वह नहीं थाम पाया तो दाढ़ी में मुस्कराते हुए वह बोले, ''कैच करने में कमजोर हो?''

राजीव के घर से स्कूटर घसीटकर बाहर निकालते ही उन्होंने गेट बन्द कर लिया था। उसके बाद उन्होंने यह जानने की कोशिश नहीं की कि चार वर्षों में पिचक चुके टायरों और पथरा चुकी पेट्रोल की टंकी की रबड़ ने उसे कितना दुखी किया था। मेकेनिक ने उसकी जेब से पाँच सौ रुपये निकलवा लिए थे, जोकि उसके पास नहीं थे। उसने एक साथी से रुपये उधार लेकर मेकेनिक को दिए थे।

लेकिन जिन्दगी में पहली बार उनके साथ ऐसा हुआ कि सोची-समझी योजनानुसार किए गये कार्य में उन्हें असफलता मिली थी। राजीव प्रसाद नामक छात्र द्वारा तैयार पुस्तक उनके नाम से प्रकाशित होनी थी। उसने एक दशक के उपन्यासों पर एक चैप्टर लिखकर उन्हें दिखा भी दिया था, लेकिन उसके बाद वह गायब हो गया था। उन्हें ज्ञात हुआ कि बंगलौर के एक बहुराष्ट्रीय बैंक में उसे नौकरी मिल गयी थी और वह पढ़ाई छोड़ गया था। उन्हें इस बात का अफसोस था कि उन्होंने पहली बार गलत घोड़े पर दाँव लगाया था।

लेकिन अब उनके चुप होने का यह कारण नहीं था।

हुआ यह कि दो दिन पहले लम्बे समय के बाद सुहासिनी उनके यहाँ आई। शालिनी दफ्तर जा चुकी थी। सुहासिनी को देख वह प्रसन्न हुए। प्रसन्न इसलिए कि उसके आने के लिए कितनी ही बार उन्होंने उसके मोबाइल पर फोन कर उससे आग्रह-अनुग्रह किया था। उसे प्रेम भरे एस.एम.एस. किए थे।

सुहासिनी का उन्होंने ऐसे स्वागत किया मानो वर्षों बाद मिले थे, लेकिन सुहासिनी में उन्हें न वह उत्साह दिखा और न औत्सुक्य। घर में प्रवेश करते ही वह हिमखंड की भाँति सोफे पर ढह गयी थी। वह देर तक उसकी ओर ताकते रहे थे चुप; फिर पूछा था, ''सुहास तुम चुप क्यों हो?'' तुम्हारी चुप्पी मुझे बर्दाश्त नहीं हो रही।''

सुहासिनी उन्हें घूरती रही अपनी बड़ी-बड़ी तीक्ष्ण आँखों से। उन्होंने फिर जब टोका, वह रो पड़ी। उन्हें उसके साथ का पहला दिन याद हो आया। तब भी वह ऐसे ही रोई थी और सोफे पर उसके निकट खिसक उन्होंने उसके आँसू पोंछे थे। उन्होंने उसी प्रकार उसके आँसू पोंछने चाहे तो सुहासिनी ने उनका हाथ झटक दिया, ''आपने मुझे बर्बाद कर दिया।'' वह चीखी।

"मैंऽऽ ने...?"

"हाँ...आपने...मैं गर्भवती हूँ..."

"तुम...तुम..." उनकी जुबान लड़खड़ा गयी थी। किसी प्रकार अपने को सँभाल वह बोले, "इसमें परेशान होने की क्या बात...मैं तैयार होता हूँ...किसी डॉक्टर के पास..."

"नहीं..."

"फिर..." वह भौंचक थे।

"आप शालिनी जी को तलाक दें और मुझसे विवाह..."

"तुम होश में तो हो न सुहासिनी...?"

"पूरे...होश-ओ-हवाश में कह रही हूँ..."

"क्या प्रमाण है कि यह मेरा ही गर्भ है?" वह भड़क उठे थे।

"प्रमाण क्या है...यह आपको भी पता है..." सुहासिनी ने सधे स्वर में कहा।

वह धप से सोफे पर बैठ गये थे सिर थामकर। उनके सामने डॉ. विप्लव त्रिपाठी का चेहरा घूम गया था...राजनीतिशास्त्र विभाग के डॉ. विप्लव त्रिपाठी...। उनके एक एम.फिल. की छात्रा ने ऐसा ही आरोप लगाते हुए उनके द्वारा उसे मोबाइल पर भेजे गये एस.एम.एस. के प्रमाण विश्वविद्यालय प्रशासन और इन्क्वायरी कमेटी के समक्ष प्रस्तुत किए थे और आरोप सिद्ध होने के बाद त्रिपाठी को प्रोफेसर पद से विश्वविद्यालय ने बर्खास्त कर दिया था।

सुहासिनी जा चुकी थी...कब उन्हें पता नहीं चला था।

और तभी से वह चुप हैं।

अपने लोग

हवा थमी हुई थी। कुछ देर पहले की धूप की हल्की खुनक अब समाप्त हो चुकी थी। सूरज ठीक उसके चेहरे के सामने चमक रहा था, मानो उसके म्लान और उद्भ्रान्त चेहरे पर अपनी तीक्ष्ण नजरें गड़ा कुछ पूछना चाह रहा था या चेतावनी दे रहा था कि मेरे सामने उद्धत बैठने का साहस क्यों कर रहे हो! लेकिन सूरज को उससे कुछ पूछने या चेतावनी देने का अवसर सामने मकान में रहनेवाले पड़ोसी ने नहीं दिया। उसने तार पर एक चादर फैला दी और सूरज चादर पर बरसने लगा था।

तार पर चादर फैलाते पड़ोसी ने भी उसे देखा। देर तक देखता रहा। हाथ उठाकर नमस्ते की, लेकिन उत्तर नहीं मिला। "कुछ उलझन में हैं।" उसने सोचा और ऊँचे स्वर में बोला, "शर्मा जी नमस्कार।"

शर्मा शान्त-स्थिर। आँखें सामने गमले पर खिले गुलाब पर टिकीं। कुछ क्षण चुप रहने के बाद पड़ोसी रामगोपाल ने पुन: ऊँचे स्वर में नमस्कार किया। शर्मा हिला-डुला।...रामगोपाल की ओर देखा और हाथ उठाकर बुदबुदाते हुए नमस्कार किया।

"क्या बात है? आठ बज रहे हैं...अब तक तो आप रास्ते में होते हैं...सूरज कितना ऊपर...।"

रामगोपाल की बात पूरी होने से पहले ही शर्मा ने कुर्सी से खड़े हो अँगड़ाई ली और पूर्ववत स्वर में कुछ बुदबुदाया। रामगोपाल ने उसके चेहरे पर क्षीण मुस्कान उभरते देखी।

रामगोपाल बोला कुछ नहीं, लेकिन वह शर्मा, जिसका पूरा नाम विनीत शर्मा था, का मनोविश्लेषण करते हुए सोचने लगा, "कुछ खास बात अवश्य है। पिछले कुछ दिनों से यह गुमसुम रहता है। पहले इसकी चहकती आवाज घर में सुनाई देती रहती थी। कभी पत्नी-बच्चों के साथ, कभी कोई गाना गुनगुनाते हुए और कभी किसी परिचित से बातें करते हुए...इतना चुप-गम्भीर मैंने पिछले

तीन वर्षों में इसे कभी नहीं देखा। पता करना चाहिए। लेकिन कैसे!'' सिर के बगल से एक कबूतर तेजी से पर फड़फड़ाता हुआ गुजरा तो उसके विचार टूट गये।

''एक-दो दिन में शर्मा से ही पूछ लूँगा और फिर, मुझे करना भी क्या?...दुनिया की चिन्ता करने का ठेका मैंने थोड़े ही ले रखा है।'' उसने लापरवाही से कन्धे उचकाए, लेकिन तभी अन्दर से एक आवाज आई, ''बेटा, चिन्ता तो करनी ही होगी...तेरा तो काम ही है दूसरों की मदद करना...सम्भव है विनीत शर्मा को भी तेरी आवश्यकता हो। न हो तो भी पूछने में हर्ज नहीं है।'' रामगोपाल ने एक नजर फिर शर्मा पर डाली।

शर्मा की तीन साल की बड़ी बेटी उसके सामने स्कूल यूनीफार्म में खड़ी थी, और महीन स्वर में कह रही थी, ''पापा, मम्मी कह रही हैं कि आज आप मुझे स्कूल बस में बैठा आएँ।''

''हुँह।''

''हाँ पापा। और पापा...।'' बच्ची क्षण भर के लिए ठिठकी, पिता के चेहरे की ओर देखा, जिस पर तीन दिन से बिना बनी ठुठियाई दाढ़ी उगी हुई थी और सोचती रही कि कहीं पापा बुरा न मान जाएँ, लेकिन अपने को रोक भी नहीं पाई और बोली, ''और पापा, आप अभी तक नहाए नहीं?''

शर्मा ने बेटी के सिर पर हाथ फेरा।

''पापा...मैं तो बहुत पहले नहाकर तैयार हो गयी थी।'' उसने पिता का हाथ थाम लिया था, ''पापा रास्ते में पालीवाल अंकल की दूकान से मुझे टॉफी दिलवा देंगे न! अच्छे पापा! मम्मी कहती हैं टॉफी से दाँत खराब हो जाते हैं। वह कभी नहीं दिलवातीं। आप दिलवा देंगे न!''

''चलो, दिलवा दूँगा।''

और रामगोपाल ने शर्मा की बेटी का स्कूल बैग कन्धे पर लटकाए उसे स्कूल बस में बैठाने जाते देखा। बच्ची लगातार कुछ बोलती जा रही थी, लेकिन विनीत शर्मा चुप था। घर से दस कदम आगे जाने के बाद बच्ची चुप हो गयी थी। शायद उसने भी पिता की उखड़ी हुई मानसिकता का अनुमान लगा लिया था।

शर्मा को तीन दिन से परेशान देख रहा था रामगोपाल। लेकिन उसे अवसर नहीं मिल पा रहा था पूछने का। चौथे दिन जब लंच बॉक्स लटका शर्मा ऑफिस जाने के लिए घर से निकला, रामगोपाल दरवाजे पर खड़ा था। शर्मा के सड़क पर उतरते ही वह भी उसके पीछे चल पड़ा।

कुछ दूर शर्मा के पीछे चलने के बाद रामगोपाल उसके बगल में चलने

लगा। घर से बस स्टैंड की दूरी दस मिनट पैदल की थी। दो मिनट बीत चुके थे। रामगोपाल की विकलता बढ़ती जा रही थी। एक मिनट और बीता। पालीवाल की परचून की दुकान निकल गयी तो वह और बेचैन हुआ। ''यदि आज नहीं पूछ पाया तो!...शर्मा रात दस बजे के लगभग आता है थका थकाया।'' रामगोपाल ने सोचा और पाँचवा मिनट बीतते ही उसने बातचीत का सिलसिला शुरू करते हुए पूछा, ''आपका दफ्तर तो वहीं है न जहाँ...।'' उसे पता नहीं था कि शर्मा का दफ्तर कहाँ है इसलिए उसने बात बीच में ही छोड़ दी थी।

''हाँ, वहीं...नेहरू प्लेस।''

रामगोपाल को याद आया कि शर्मा ने एक बार बताया था कि वह एक प्राइवेट कम्पनी में काम करता है। तब उसका मकान बन रहा था। तीन साल पहले की बात है। उन दिनों छुट्टियाँ लेकर वह मकान बनवा रहा था और प्राय: उसके दरवाजे कुर्सी डालकर बैठा रहता था।

''शर्मा जी आजकल आप कुछ दुखी...कुछ उखड़े-से रहते हैं?'' साहस बटोर उसने पूछ लिया था।

''ऐसा?''

''मैं पिछले कई दिनों से देख रहा हूँ। कोई परेशानी है?...यदि बताने लायक है तो...हमारे पड़ोसी होने का क्या लाभ? हमें अपना ही समझें। यदि मैं आपके किसी काम आ सकूँ...किसी भी प्रकार की सहायता चाहिए...।'' गली के मोड़ पर वह ठिठका, उसने शर्मा के चेहरे पर दृष्टि डाली फिर आगे बोला, ''किसी भी प्रकार की मदद शर्मा जी...आप संकोच न करें...हम एक-दूसरे के काम नहीं आएँगे तो...!''

''अवश्य बताऊँगा रामगोपाल जी...अगर कोई रास्ता नहीं निकला तो आप लोग तो हैं ही...। अच्छा नमस्कार...।'' रामगोपाल को कुछ कहने का अवसर दिए बिना शर्मा सड़क क्रास करने लगा था। रामगोपाल रुक गया था। वह सोचकर प्रसन्न था कि उसका अनुमान सही था।

रामगोपाल को केवल एक सप्ताह ही प्रतीक्षा करनी पड़ी थी। रविवार की सुबह शर्मा ने उसे आवाज दी थी, ''रामगोपाल भाई, मेरे घर आ जाइए...।'' यह पहला अवसर था जब शर्मा उसे अपने घर बुला रहा था। एक तो वह इस बात से प्रसन्न था कि शर्मा की रूपवती पत्नी का दीदार वह निकट से कर पाएगा और दूसरे इस बात से कि जाल में फँसने के लिए कबूतर स्वयं उस ओर बढ़ रहा था। पाँच मिनट बाद ही वह शर्मा के ड्राइंगरूम में था। वह विस्फारित नेत्रों से ड्राइंगरूम की भव्यता देर तक निहारता रहा था। दीवार पर बनी लकड़ी की

आलमारी में शीशे के पीछे पुस्तकें झाँक रही थीं। फर्श पर बहुत महँगा नहीं, लेकिन सुन्दर कालीन था और खिड़कियों पर हरे रंग के बड़े पर्दे। एक ओर सोफा था तो दूसरी ओर पढ़ने की मेज-कुर्सी और एक कोने में रंगीन टी.वी. विशेष रूप से कोने में रखने के लिए बनवाए गये बॉक्स पर रखा हुआ था और बॉक्स के छोटे पल्लों के पीछे, रामगोपाल ने सोचा, 'अवश्य कैसेट वगैरह रखे होंगे।' शर्मा की पत्नी सुन्दर ही नहीं, सुरुचिपूर्ण भी है...एक मेरी पत्नी है अनपढ़-गँवार...न खाने का ढंग, न रहने का और न ही घर को सजाने का। दीर्घ निःश्वास ली उसने, 'लेकिन दोष तो मेरा ही है। मेरा धन्धा ही ऐसा है। पैसों के लेन-देन में दस तरह के लोगों का आवागमन होता है...ड्राइंगरूम को जितना भी सजाएँ...दो दिन में गन्दा हो जाता है।' तभी शर्मा की आवाज से वह चौंक उठा।

"अरे चाय क्यों ले आए शर्मा जी...अभी-अभी नाश्ता करके चाय पी थी।" रामगोपाल को निराशा हुई कि शर्मा स्वयं चाय-नाश्ता ले आया था।

बातचीत प्रारम्भ हुई तो ज्ञात हुआ कि मकान बनवाते समय शर्मा ने एक मित्र के माध्यम से करोलबाग के एक फाइनेंसर से ढाई लाख रुपये लोन लिया था। ब्याज सहित वह पचास हजार ही दे पाया था इन तीन वर्षों में। पैसा तीन वर्ष की अदायगी की शर्त पर लिया गया था। मकान के कागजात फाइनेंसर के पास थे। फाइनेंसर ने नोटिस भेज दिया था कि यदि एक माह में उसने ब्याज सहित शेष राशि न लौटाई तो मकान नीलाम करवा देगा।

"आज तक आपने कहा क्यों नहीं? कमाल है।" रामगोपाल के स्वर में लापरवाही थी, "इस मामूली-सी रकम के लिए आप परेशान हैं...कल ही उससे मुक्ति दिला दूँगा। मकान के कागजात आपके पास कल ही पहुँच जाएँगे। आप कल घर पर तैयार मिलें।"

"आपने मुझे डूबने से उबार लिया रामगोपाल भाई...।" भाव-विह्वल हो उठा था विनीत शर्मा।

"शर्मा जी...मुझे पड़ोसी धर्म निभाना आता है...और फिर...।" वह आगे कुछ कहता कि शर्मा की छोटी बेटी, ठुमकती हुई कमरे में घुसी और पिता के पास पहुँचकर रोने लगी, "पापा-पापा...दीदी ने माला है...।"

शर्मा बेटी को पुचकारने लगा, "अभी मैं दीदी को मारूँगा...चुप हो जाओ...अभी...।"

"अच्छा, शर्मा जी...।" खड़ा होता हुआ रामगोपाल बोला, "बेटी को सँभालो...और हाँ कल बारह बजे तैयार रहें...।"

रामगोपाल मुस्कुराया और बाहर निकल गया।

रामगोपाल अपने एक मित्र के साथ, जिसे वह प्राय: ऐसे अवसरों पर साथ रखता था, क्योंकि वह शरीर से हट्टा-कट्टा...पहलवान था और पैसे के लेन-देन में ऐसे एक नहीं दो-चार की वह आवश्यकता अनुभव करता था, लेकर करोलबाग गया था। रुपये देकर शर्मा के मकान के कागजात उसने वापस दिलवा दिए थे और फाइनेंसर के यहाँ से बाहर निकल सड़क के किनारे गाड़ी में बैठकर उसने शर्मा से प्रामिसरी नोट लिखवा लिया था, जिसमें एक वर्ष के अन्दर शर्मा को वह रुपया तीन प्रतिशत ब्याज सहित लौटाना था। न लौटा पाने की स्थिति में एक वर्ष बाद ब्याज की दर दस प्रतिशत हो जानी थी और ये दस प्रतिशत प्रति माह के हिसाब से देने थे। शर्मा ने नोट पर हस्ताक्षर करने में हिचक दिखाई तो साथ आए पहलवान ने उसे घूरकर देखा था और शर्मा ने बिना सोचे झटके से हस्ताक्षर कर दिए थे।

"शर्मा जी, मकान के कागजात आप सँभालें...ये नोट मैं सँभालूँगा...कल इसकी एक फोटो प्रति आपको दे दूँगा...." क्षण भर चुप रहकर रामगोपाल बोला, "वैसे आप उसका करेंगे भी क्या...।"

शर्मा चुप रहा था। उसका सिर चकरा रहा था, "कुएँ से निकला, पाताल में जा गिरा।" वह सोच रहा था।

एक वर्ष तक शर्मा केवल ब्याज ही देता रहा था। उसने सोचा था कि तब तक फंड में कुछ रुपये इकट्ठा हो जाएँगे और कुछ किसी मित्र से लेकर कम-से-कम आधा पैसा वह लौटा देगा और रामगोपाल को पड़ोसी धर्म की लाज रखने की बात कह तीन प्रतिशत ब्याज के लिए ही राजी कर लेगा, लेकिन बात बनी नहीं। साल बीतते ही रामगोपाल की बातचीत का ढंग बदल गया था। स्वर की मिठास गायब हो गयी थी और वह शर्मा को चेतावनी देने लगा था, "रुपये न दे पाओ शर्माजी तो मकान की रजिस्ट्री मेरे नाम कर दो...मेरी रकम के बाद जो राशि बने वह नकद ले लो।"

"कुछ और समय दें रामगोपाल भाई।"

"केवल तीन महीने...आगे बिल्कुल नहीं।"

और तीन महीने भी बीत गये। अब रामगोपाल के यहाँ वह पहलवाननुमा व्यक्ति हर दूसरे दिन शर्मा को दिखने लगा था। शर्मा घबड़ाया-सा दफ्तर जाता

और रात लौटकर घर में दुबक जाता, लेकिन तनाव बढ़ता जा रहा था। वह पहले से अधिक गुमसुम रहने लगा था। यहाँ तक कि पत्नी-बच्चों से भी नहीं बोलता था और बात-बात में खीजने लगा था। पत्नी कर्ज को उसकी उस स्थिति का कारण मानती थी, लेकिन उसे यह ज्ञात न था कि अब वह रामगोपाल का कर्जदार था। और एक दिन अप्रत्याशित घट गया था। शर्मा ने कमरे के सीलिंग फैन से गले में फन्दा डाल आत्महत्या कर ली थी।

शर्मा ने क्यों आत्महत्या की थी यह बात रामगोपाल के अतिरिक्त कोई नहीं जान पाया, क्योंकि उसने कोई पत्र नहीं छोड़ा था। मरने से पहले उसने शायद सोचा होगा कि उसके द्वारा लिए कर्ज से पत्नी-बच्चों को निज़ात मिल जाएगी। पत्नी पढ़ी-लिखी है, बच्चों को पाल लेगी। रहने के लिए मकान है ही, लेकिन यहाँ भी वह चूक गया था। तीन महीनों तक रामगोपाल शान्त रहा था, क्योंकि प्रारम्भ में पुलिस की छान-बीन थी, जिसमें उसे कुछ न मिला था और तीन महीने शर्मा का छोटा भाई, जो बीकानेर में रहता था उसके यहाँ आकर रहा था। लेकिन जब उसने भाभी-बच्चों को दुख से उबरते देखा, अपने व्यवसाय के बिगड़ने और परिवार की चिन्ता करने का वास्ता देकर और दो-चार माह में चक्कर लगा जाने का वायदा कर चला गया था। शर्मा की पत्नी जानती थी कि कोई कितने दिन उसके साथ रहकर उसका दुख बाँट सकता था। अन्ततः उसे ही उससे उबरकर बच्चियों की चिन्ता करनी थी। उसका मायका पहले ही सूना हो चुका था। वह पति की कम्पनी में पति का स्थान पाने का प्रयत्न करने लगी थी।

लेकिन तभी बच्चियों के स्कूल जाने के बाद एक दिन रामगोपाल उसे आवाज देते हुए, "मिसेज शर्मा, आपसे कुछ बात करनी है" घर में घुस सीधे ड्राइंगरूम में जा बैठा था। वह हतप्रभ थी। वह रामगोपाल के व्यवसाय से परिचित थी और अब...रामगोपाल उसके ड्राइंगरूम में इस अधिकार से आ जमा था कि मानो वह उसके परिवार का कोई खास व्यक्ति था।

"कहें...क्या कहना चाहते हैं?" दरवाजे पर खड़े हो उसने रूखे स्वर में पूछा था।

"मिसेज शर्मा...आप भी बैठ जाइए।" उसके चेहरे पर नजरें गड़ाए हुए वह बोला था, "कुछ बातें ऐसी होती हैं जो चलते-फिरते...उठते-बैठते नहीं कहीं जातीं।"

"मैं आपका मतलब नहीं समझी?" उसका दिल तेजी से धड़कने लगा था, 'यह आदमी...पता नहीं किस नीयत से यहाँ...।' तभी रामगोपाल की भारी

आवाज उसके कानों से टकराई, "यदि मैं गलती नहीं कर रहा तो आपका नाम शायद अनीता शर्मा है...है न!"

"कोई बात नहीं अनीता जी...आप दस मिनट के लिए बैठ जाइए। मैं भी कामकाजी व्यक्ति हूँ। नाहक समय नष्ट करने का मौका नहीं है। यदि बात आवश्यक न होती तो तकलीफ न देता। मुझे शर्मा जी के जाने का बहुत दुख है। इतना नेक इंसान...पढ़ा-लिखा...विद्वान...।" उसने पुस्तकों की आल्मारी की ओर देखा, "और केवल इसलिए आत्महत्या कर ले कि वह समय पर कर्ज नहीं दे पाया। बुरा न मानें, ऐसे कमजोर लोग घर के लिए तबाही ही पैदा करते रहते हैं, लेकिन जो भी हुआ बुरा हुआ अनीता जी। एक अच्छे पड़ोसी थे वह मेरे...खैर...। आप बैठ जाइए अनीता जी प्लीज...। मैं आपके केवल कुछ मिनट लूँगा।"

वह सामने सोफे पर बैठ गयी।

रामगोपाल ने पैन्ट की जेब से प्रॉमिसरी नोट निकाला और उसे अनीता की ओर बढ़ाते हुए बोला, "इसे देखना चाहेंगी?"

"क्या है?" अनीता के स्वर में पूर्ववत रूखापन था।

"आप स्वयं देख लें।"

"आप बताएँ...क्या है?"

"लगता है शर्मा जी ने आपको कुछ नहीं बताया था।"

"किस बारे में...?"

"वही तो!" रामगोपाल मुस्कराया, एक व्यंग्यात्मक मुस्कान। "चलिए अब जान लें। दरअसल करोल बाग के फाइनेंसर की नोटिस के बाद शर्मा जी ने मुझसे रुपये उधार लेकर उसे लौटाए थे। यह वह प्रॉमिसरी नोट है। शर्मा जी तो चले गये...।"

अनीता पीली पड़ गयी। वह अन्दर से हिल उठी। लगा रो देगी, लेकिन उसने अपने को सँभाला।

"अनीता जी, मेरा पैसा गाढ़ी कमाई का है। रात दिन मर-खपकर कमा पाता हूँ। तो यह पैसा तो मैं छोड़ नहीं सकता।"

अनीता चुप रामगोपाल को टुकुर टुकुर ताकती रही, जिसका चेहरा उसे एक क्रूर राक्षस के चेहरे-सा दिखने लगा था।

"आप घबड़ाएँ नहीं...हम आखिर पड़ोसी हैं। मै आपकी परेशानी समझ सकता हूँ। रकम अधिक भी नहीं है। केवल ढाई लाख है...बस ब्याज ऊपर से...।" सेकेंड के लिए रुका वह, "लेकिन मेरे पास इसकी अदायगी का एक

फार्मूला है...यदि आप तैयार हों तो!'' उसने 'तैयार' शब्द पर जोर दिया।

अनीता बोली नहीं, केवल भयभीत दृष्टि से उसे देखती रही।

कुछ देर तक अनीता के चेहरे की ओर घूरते रहने के बाद रामगोपाल बोला, ''देखिए आपको समझदारी से काम लेना चाहिए...दो छोटे-बच्चे...उनकी पढ़ाई...लेकिन वह सब चिन्ता आप न करें। सब हो जाएगा...हाँ बस आप हाँ तो करें...। आपका ब्याज आसानी से अदा होता रहेगा...सम्भव है कुछ दिनों में आपको कोई नौकरी मिल जाए...तब आप मूल भी दे सकेंगी...लेकिन आप नहीं जानतीं मूल कम है...असली चीज तो ब्याज है...और उसकी अदायगी आप मेरे फार्मूले के अनुसार कर सकती हैं।''

अनीता विस्फारित नेत्रों से उसकी ओर देखती रही।

''मेरे सुझाव से आपको बुद्धिमानी से काम लेना चाहिए। आप चाहेंगी तो सब ठीक-ठाक हो जाएगा। जिन्दगी फिर पुराने ढर्रे पर आ जाएगी...बात केवल यह है अनीता जी कि महीने में केवल दो रातें आप मेरे साथ...ब्याज की बात मैं कभी नहीं करूँगा।''

अनीता को मानो करंट लगा। वह सोफे से उछल पड़ी, ''आपकी हिम्मत कैसे हुई इस घर में घुसकर एक औरत को जलील करने की...निकल जाइए...तुरन्त...दोबारा इस ओर देखा तो...!'' क्रोध से उसका चेहरा लाल हो रहा था। ''शर्मा जी के किसी कृत्य की मैं जिम्मेदार नहीं हूँ...कुत्ते...तुझे जो कुछ करना है जा कर।''

रामगोपाल उठ खड़ा हुआ, लेकिन हिला नहीं। मुस्कराता रहा विद्रूप मुस्कराहट। अनीता ड्राइंगरूम से बाहर जा चुकी थी। वह अब उसके पीछे आँगन में पहुँचा, फिर बोला, ''मिसेज शर्मा, क्रोध इंसान का दुश्मन होता है। आप समझ से काम लें। और जाते-जाते कह दूँ। आप मेरा कुछ भी न बिगाड़ पाएँगी...पुलिस आपकी न सुनेगी। वह पैसों की गुलाम है। वह बिकती है और हम जैसे उसके खरीददार होते हैं। आप सोच लें, फिर कहता हूँ...घाटे में आप ही रहेंगी।''

अनीता आँखों पर हाथ रखकर फफककर रो पड़ी थी। रामगोपाल उत्तेजना अनुभव करता हुआ घर से बाहर निकल गया था।

उसके बाद घटनाएँ तेजी से घटित हुई थीं। अनीता के पास रामगोपाल निरन्तर फोन कर केवल इतना ही कहता, ''मेरे फार्मूले पर आपका क्या निर्णय है अनीता

जी?"

प्रारम्भ में अनीता चीखती, गाली देती, और फोन पटक देती थी। फिर उसने फोन उठाने ही बन्द कर दिए थे। परिणाम यह रहा कि बीकानेर से देवर का शिकायती पत्र आया कि आपका फोन खराब है या आप कहीं गयी हुई थीं। उसने कई बार सोचा कि पुलिस में रपट कर दे, या कि देवर को बुलाकर वस्तुस्थिति बता दे, लेकिन यह सोचकर टालती रही कि शायद यह धूर्त थककर स्वयं ऐसा करना बन्द कर देगा। वह मकान बेचने के विषय में भी सोचने लगी थी और एक प्रापर्टी डीलर से मिली थी। लेकिन डीलर ने कहा था, "अनीता जी, यहाँ सभी डीलर यह बात जानते हैं कि आपके पति ने रामगोपाल से मोटी रकम उधार ली थी। रामगोपाल नहीं चाहता कि कोई डीलर आपके मकान का सौदा करवाए। हो सकता है वह खुद ही मकान हथियाना चाहता हो...।"

प्रापर्टी डीलर की बात सुनकर वह काँप गयी थी। दो रातें उसे नींद नहीं आई थी। प्रतिक्षण रामगोपाल की वीभत्स शक्ल उसकी आँखों के सामने नाचती रहती थी। तीसरे दिन वह डॉक्टर के पास गयी थी। सोने की दवा लिखवाई थी। और उसी रात रामगोपाल ने अपना प्रस्ताव दोहराते हुए कहा था, "यदि दो दिन के अन्दर तुमने अपने को मेरे हवाले नहीं किया तो अभी तो मैं ही हूँ...फिर...।" और चीखकर उसने फोन पटक दिया था। उसने नींद की इतनी गोलियाँ खा ली थीं कि...।

उसके बाद की कहानी बहुत छोटी है। पुलिस ने अनीता के देवर को बीकानेर सूचना दी थी। उसने अनीता का अन्तिम संस्कार किया था। पुलिस में रिपोर्ट दर्ज करवाई थी। पुलिस कमिश्नर से मिला था। परिणाम यह हुआ था कि रामगोपाल को शर्मा का मकान हस्तगत करने का स्वप्न त्याग देना पड़ा था।

शर्मा का भाई दोनों भतीजियों और घर का सारा सामान बीकानेर ले गया था। मकान लगभग एक वर्ष बन्द रहा था। बाद में उसने मकान बेच दिया था।

और उसके कुछ दिनों बाद...अनीता शर्मा की दोनों बेटियाँ दिल्ली के एक अनाथालय में देखी गयी थीं।

ठूँठ

''अरे, चाच्चा...आप...?'' किर्र की आवाज के साथ लाल रंग की होंडा सिटी उनके बगल में रुकी तो वह चौंक उठे।

''चाच्चा, आपने अपना कुछ अता-पता ही नहीं दिया...कितना खोजा! कब से...!''

उन्होंने बीच में ही टोका, ''कोई खास बात?''

''खास बात हो तभी आदमी अपनों को खोजता है?'' लहजे में शिकायत थी। ''आपने शक्तिनगर क्या छोड़ा, लगा जैसे दिल्ली ही छोड़ दी। मेरा अनुमान था कि आप होंगे इसी महानगर में, लेकिन...शक्तिनगर के आपके मकान मालिक ने एक फोन नम्बर दिया था...।'' उसने उनकी ओर देखा। वह निर्विकार-निरपेक्ष उसकी ओर देख रहे थे।

''नम्बर मिलाकर थक गया...एमटीएनएल से पता किया, उनके रिकॉर्ड में यह दर्ज ही न था।'' वह क्षण भर के लिए रुका, ''चाच्चा, गाँव-घर के लोगों को तो बता ही देना चाहिए...लेकिन...।''

उसकी ओर देर तक देखते रहने के बाद सधे स्वर में वह बोले, ''मंगतराम, कुछ दिनों के लिए एकान्त चाहता था...बस्स।''

''यह भी क्या बात हुई...दिल्ली जैसे महानगर में एकान्त? क्या आपको एकान्त मिला? मेरा अनुमान है, शक्तिनगर छोड़े आपको चार वर्षों से अधिक हो गये होंगे...आपने कितने दिन एकान्त में बिताए?''

उन्होंने कोई उत्तर नहीं दिया। उसके प्रश्न का उत्तर उनके पास था भी नहीं। सच यह था कि एक दिन भी वह एकान्त का सुख नहीं उठा सके थे। उठाते, तब जीते कैसे! मुकम्मल काम नहीं था। प्रकाशकों के लिए काम करके थक चुके थे, लेकिन वह वही काम कर सकते थे। पिछले चार वर्षों से वह 'गुजराती एंड संस' के लिए धार्मिक ग्रन्थों के आधार पर अँग्रेजी में छोटी पुस्तकें लिख रहे थे। 'गुजराती एंड संस' की शाखा ही थी पटेलनगर...दिल्ली में।

उसका हेडक्वार्टर अमेरिका के न्यू जर्सी में था, जहाँ से वह पूरे अमेरिका में उन पुस्तकों की सप्लाई करता था। वह, न केवल धार्मिक पुस्तकें वहाँ बेचता था, बल्कि धार्मिक अनुष्ठानों से सम्बन्धित सामग्री, यहाँ तक कि कफन तक का अमेरिका में एकमात्र विक्रेता था, 'गुजराती एंड संस' का मालिक शंभू भाई पटेल।

शंभू भाई पटेल से एक बार दिल्ली यात्रा के दौरान उनकी मुलाकात हुई थी और उन्होंने हिन्दी प्रकाशकों के काम छोड़कर उसका काम स्वीकार कर लिया था, क्योंकि वहाँ दूसरों की अपेक्षा उचित पारिश्रमिक मिलता और समय से मिलता था। शंभू भाई पटेल ने पहली मुलाकात में ही शर्त रखी थी'', जनार्दन भाई,'' वह सभी को गुजराती समझकर बात करता, ''आप किसी भी प्रकाशक को यह नहीं बताएँगे कि आप मेरे लिए काम कर रहे हैं। आपको पटेल नगर आने की आवश्यकता न होगी। मेरा बन्दा आपसे काम ले आया करेगा और भुगतान का चेक भी दे आया करेगा।''

''कोई परेशानी नहीं।''

इस प्रकार जनार्दन शाह न केवल दूसरे प्रकाशकों से कटते गये थे, बल्कि-मित्रों-परिचितों से भी दूर हो गये थे। शक्तिनगर जैसे पॉश इलाके को छोड़ वह वाणी विहार चले गये और परिचितों से बिल्कुल ही अलग-थलग हो गये थे।

'लेकिन यह मंगतराम झूठ बोल रहा है। इस जैसे इनसान ने मुझे खोजने की कोशिश की होगी?...असम्भव...।' उन्होंने सोचा।

मंगतराम जनार्दन शाह के गाँव का था। नौकरी की तलाश में वह दिल्ली आया तो सीधे उनके यहाँ पहुँचा। गाँव में उनके विषय में चर्चा थी कि दिल्ली में इनका बड़ा कारोबार है...किताबें छापने का। हालाँकि उनके पिता ने गाँववालों से कई बार कहा भी कि वह किताबें नहीं छापते, बल्कि किताबें छापनेवालों के लिए काम करते हैं, लेकिन गाँव वाले उनकी बातों को हवा में उड़ा देते, ''चाचा, यही तो आपका बड़प्पन है। जनार्दन भइया बड़े आदमी बन गये हैं। सुना है बड़े-बड़े लोगन ते उनकी पहचान है...मन्त्री-सन्त्री तक जानते हैं।''

जनार्दन के पिता जानते थे कि वह गाँववालों को कितना भी क्यों न समझाएँ, लेकिन वे जनार्दन के विषय में अपनी धारणा बदलने वाले नहीं। तभी एक दिन दरियागंज के एक प्रकाशक के पुस्तक लोकार्पण कार्यक्रम को टेलीविजन में दिखाया गया। प्रधानमंत्री नरसिंह राव ने पुस्तक का लोकार्पण किया था और जनार्दन प्रधानमंत्री के पास खड़े गाँववालों को दिख गये थे।

''अरे, यो निरंजन शाह का बेटा जनार्दनवा है रे।'' ग्राम प्रधान की चौपाल पर टीवी देख रहे ग्रामीणों में से एक चीखा था, ''हाँ रे भइया...कैसे हँसी-हँसी

कै बातै करि रहा है...।''

''वाह भइया, मानि गये। किस्मत चमकि गै निरंजन शाह की।''

गाँव में ग्राम प्रधान के यहाँ ही टीवी था...ग्राम-पंचायत का। रात सोने से पहले घर-घर जनार्दन की ही चर्चा हो रही थी और सुबह निरंजन शाह के दरवाजे लोग उन्हें बधाई देने पहुँचने लगे थे। भौंचक थे निरंजन शाह। उन्हें भी लगने लगा था कि जर्नादन उनसे अवश्य कुछ छुपाता है। निश्चित ही उसके सम्बन्ध बड़े लोगों से हैं...लेकिन जब भी उन्होंने उससे अपने गठिया के इलाज के लिए दिल्ली आने का प्रस्ताव किया उसने यह कहकर उनकी बात टाल दी थी, ''पिताजी, एक कमरा है किराए का...छत पर। बाथरूम और टायलेट कमरे से दूर छत के दूसरे छोर पर हैं। बरसात में छत पारकर वहाँ तक जाना होता है और सीमेंट के चादरों की उनकी छतें टपकती रहती हैं।''

गाँववालों की बधाई ने बेटे के विषय में निरंजन शाह के मन में आशंका उत्पन्न कर दी थी और उन्हीं दिनों टीवी समाचार से प्रेरित मंगतराम उनके पास गया और बोला, ''चाचा, वैष्णो देवी जाना चाहता हूँ। लौटते हुए दिल्ली घूमने की इच्छा है। जनार्दन भइया के हाल भी लेता आऊँगा...पता...।''

निरंजन शाह को बेटे की वास्तविक स्थिति जानने का इससे अच्छा अवसर अन्य क्या हो सकता था। जनार्दन का पता मंगतराम को देते हुए उन्होंने कहा था, ''लौटते समय जनार्दन को भी साथ लेते आना बेटा! दो साल हो गये उसे गाँव आए।''

जनार्दन को साथ ले आने का वायदा करके दिल्ली घूमने गया मंगतराम स्वयं लौटकर गाँव नहीं गया। दरअसल, वह वैष्णो देवी नहीं, दिल्ली ही गया था नौकरी की खोज में और सीधे जनार्दन के यहाँ पहुँचा था। उसने जनार्दन से अपने आने का उद्देश्य स्पष्ट कर दिया था और यह भी कि उन्हीं के भरोसे वह दिल्ली आया था और उनके अतिरिक्त उसका कोई अन्य ठिकाना भी नहीं। अन्दर से परेशान जनार्दन ऊपर से सामान्य बने रहते थे। गर्मी के दिन थे। दिन में पत्नी, बेटी और मंगतराम के साथ जनार्दन कमरे में सिमटे रहते और प्रकाशकों से लाए प्रूफ पढ़ते रहते, जबकि मंगतराम बीच-बीच में गाँव में उनके विषय में होनेवाली चर्चा छेड़ उनके काम में बाधा पहुँचाता रहता। स्वभाववश वह उससे कुछ कह नहीं पाते। रात में सोने के लिए खुली छत थी। कोई परेशानी न होती। यह सिलसिला एक महीने से अधिक चला, लेकिन इसी मध्य उन्होंने एक परिचित के माध्यम से मंगतराम को कमलानगर के एक बैंक के कर्मचारियों के लिए चाय सप्लाई करने का काम दिलवा दिया। चाय बनाने के लिए बैंक में

छोटी-सी जगह भी उसे मिल गयी थी। स्टोव खरीदने से लेकर चाय-चीनी-बिस्कुट आदि के लिए जनार्दन ने उसकी सहायता की। मंगतराम का काम चल निकला तो दो महीने के बाद उन्होंने उसे शास्त्रीनगर में रहने के लिए एक सस्ता कमरा किराए पर दिलवा दिया। लगभग दो वर्षों तक मंगतराम प्रतिदिन शाम को बैंक से लौटते हुए रात में उनके यहाँ आता और प्रायः उन्हीं के साथ भोजन करके जाता, लेकिन उसके बाद यह सिलसिला कम होकर एक दिन बन्द हो गया था। कुछ दिनों बाद उसके विषय में उन्हें जो सूचना मिली वह चौंकानेवाली थी।

मंगतराम बैंक में चाय बनाने का काम बन्द कर कहीं चला गया था। बैंक के कई कर्मचारी परेशान थे उसके अचानक गायब हो जाने से। जर्नादन ने जिस परिचित के माध्यम से उसे वहाँ रखवाया था उसने उन्हें उन बैंककर्मियों की परेशानी का कारण जब बताया तब वह और अधिक परेशान हो उठे थे।

मंगतराम कई कर्मियों से दस-दस हजार रुपये लेकर गायब हुआ था। उसने बहुत ही कौशल का प्रदर्शन किया था। एक से इस शर्त पर रुपये उधार लिये कि एक माह में पाँच प्रतिशत ब्याज सहित उन्हें लौटा देगा। लेने वाले से उसने अनुरोध किया कि वह इस बात की चर्चा किसी अन्य से नहीं करेगा...'साहब, इज्जत का सवाल है।' उसने हाथ जोड़ कहा था। एक महीने बाद दूसरे से उसी शर्त पर उधार लेकर उसने पहले वाले का उधार लौटा दिया था ब्याज सहित। इस प्रकार वह एक से लेता, फिर दूसरे से लेकर पहले का चुकता कर देता। ऐसा उसने कई महीनों तक किया और सभी कर्मियों का विश्वास जीत लिया। एक दिन उसने एक साथ दस या ग्यारह कर्मियों से उधार लिया और एक सप्ताह बाद शास्त्रीनगर का कमरा छोड़ कहीं चला गया। जब पन्द्रह दिनों तक वह बैंक नहीं पहुँचा तब परिचित उसके विषय में जानकारी लेने उसके घर पहुँचे थे उधार देनेवाले उसके विरुद्ध पुलिस में इसलिए रपट नहीं लिखा सकते थे, क्योंकि उनके पास उधार देने का कोई प्रमाण न था और एक अनजान व्यक्ति को बैंक की जगह पर चाय बनाने के लिए जगह देना भी गैरकानूनी था। उधार देने वाले अपने स्तर पर उसकी तलाश करते रहे थे। उन्होंने भी गाँव में पिता को लिख कर जानना चाहा, लेकिन मंगतराम गाँव नहीं गया था।

मंगतराम दिल्ली में ही था। उसने दक्षिण दिल्ली के एक व्यावसायिक प्रतिष्ठान की कैंटीन का ठेका ले लिया था। स्वयं गाँव नहीं गया, लेकिन घरवालों को अपनी सूचना दे दी थी। घर से तार जुड़ गये थे, लेकिन उसने घरवालों को मना कर दिया था कि वे गाँववालों को उसके विषय में कुछ नहीं बताएँगे...और

न ही किसी रिश्तेदार को। एक दिन वह स्वयं गाँव आकर सबको चौंका देगा। मायके जाने के बहाने उसने पत्नी को दिल्ली बुला लिया था। पत्नी भी कैंटीन में उसका हाथ बँटाने लगी थी।

गाँव से जाने के लगभग आठ वर्ष बाद मंगतराम गाँव में प्रकट हुआ। तब तक उसने एक सरकारी दफ्तर की कैंटीन का ठेका भी ले लिया था। एक को पत्नी देखती और दूसरे को वह स्वयं सँभालता था।

जब वह गाँव पहुँचा तब तक गाँव में जनार्दन की 'बड़ा व्यक्ति' होने की छवि धूमिल पड़ चुकी थी। गाँव वालों को उनसे गाँव में जिस करिश्मे की आशा थी वह कुछ भी न दिखा था। अब मंगतराम उनका हीरो था। उसने गाँववालों को अपने व्यवसाय की जानकारी नहीं दी, जबकि उसके रहन-सहन और खेत खरीदने की उसकी चर्चा से सभी ने अनुमान लगा लिया कि उसने इतने दिनों में खासा पैसा कमा लिया था। गाँव के उसके साथी दिन भर उसके आगे-पीछे रहते और उसके लिए कुछ भी करने को तत्पर रहते। शाम को उसकी चौपाल में जमघट होता और पास के कस्बे से मँगवायी गयी कच्ची शराब की बोतलें खाली होती रहतीं।

वह एक सप्ताह गाँव में ठहरा और उसने तीन गरीब किसानों के दस बीघा खेतों का सौदा तय कर लिया। बयाना दे दिया। चार महीने में रजिस्ट्री का निश्चय कर वह दिल्ली लौट गया। खेतों की रजिस्ट्री के दौरान उसकी दृष्टि पड़ोसी अनन्त मिश्र के एक बीघा के उस घेर पर टिक गयी जो उसके घर के बाईं ओर था। घेर में अनन्त के जानवर बाँधे जाते थे और मंगतराम का छोटा-सा घर अनन्त के घर और घेर के बीच में था।

मंगतराम के घर की भी एक कहानी है। अनन्त के पिता और मंगतराम के पिता अच्छे मित्र थे। मंगतराम के पिता सन्तराम शुक्ल पुरोहती का काम करते थे। कठिनाई से गुजर होती। छोटी-सी झोपड़ी थी। झोपड़ी के नाम पर एक कोठरी। कोठरी के बाहर फूस का छप्पर, जो प्रतिवर्ष बरसात से पहले बदला जाता था। कोठरी के साथ एक ओर दीवार खड़ी करके छप्पर के नीचे रसोई बनाई गयी थी। दिन भर परिवार छप्पर के नीचे पड़ा रहता। बरसात और जाड़े में ही वे कोठरी में जाते। अनन्त के पिता से मित्र का कष्ट देखा नहीं गया। उन्होंने घेर का लगभग साठ वर्ग गज सन्तराम को दे दिया। गाँव के कुछ जजमानों और अनन्त के पिता की सहायता से सन्तराम ने कच्ची ईंटों की दो कोठरियाँ और रसोई बना ली। सन्तराम को घेर का हिस्सा देने के लगभग दो वर्ष बाद अनन्त के पिता का देहान्त हो गया था।

अपनी दूसरी यात्रा के दौरान मंगतराम ने एक दिन अनन्त से घेर खरीदने की इच्छा व्यक्त की। उसमें वह बड़ा मकान बनाना चाहता था। अनन्त के लिए यह अचम्भित करनेवाला प्रस्ताव था। उसने इन्कार कर दिया। मंगतराम ने इसे चुनौती के रूप में लिया। उसने निश्चय किया कि वह उस घेर पर कब्जा करके ही रहेगा। इसका अवसर उसे तब मिला जब उसके पिता की मृत्यु हुई।

हुआ यह कि उसके पिता अकस्मात् बीमार पड़े। उसकी माँ की मृत्यु पहले ही हो चुकी थी और बहन ससुराल जा चुकी थी। पिता अकेले थे। सामान्य सी सर्दी-जुकाम ने एक दिन गम्भीर रूप धारण कर लिया। तब सन्तराम ने बेटे को सूचना दी। मंगतराम पत्नी के साथ दौड़ा आया। उसने घर में ही कस्बे के डॉक्टर से पिता का इलाज करवाया, लेकिन वह स्वस्थ नहीं हुए। मंगतराम के गाँव पहुँचने के तीसरे दिन रात में उसके पिता ने अन्तिम साँसें लीं। जैसे ही पिता ने आँखें बन्द कीं और उनकी साँसें थमीं, मंगतराम ने पत्नी के सहयोग से उन्हें ठीक घर में प्रवेश करनेवाले दरवाजे के सामने आँगन में जमीन पर बिना कुछ बिछाए लिटा दिया। पत्नी कुछ समझती उससे पहले ही दरवाजे की ओट में रखी लाठी उठा ली और पत्नी को धमकाते हुए कहा, "खबरदार जो रोई...।" हिचकियाँ लेती पत्नी को उसका दूसरा आदेश था, "जब मैं कहूँगा तब बुक्का फाड़कर रोना।"

पत्नी भौंचक आँखें फाड़ उसे देख रही थी और मंगतराम के हाथों की लाठी पर पकड़ मजबूत होती जा रही थी। उसने मृत पिता के हाथ-पैरों पर कई प्रहार किए। हाथ पैरों की हड्डियाँ तोड़ उसने लाठी अनन्त के घर में फेंक दी और लाठी पकड़ने के लिए प्रयुक्त दस्तानों को गैस चूल्हे में जला दिया। फिर घुटी आवाज में रोती पत्नी को चीखकर रोने का आदेश दे स्वयं चीखकर रोने लगा, "मार डाला रे...अरे मेरे बापू को मार डाला रे...दौड़ो...बचाओ...गाँव वालो...संज्जू, रत्ने...।"

पाँच मिनट में गाँव एकत्र हो गया था। आँगन में सन्तराम की लाश देखकर अड़ोस-पड़ोस की औरतें भी दहाड़ मारकर रोने लगीं। "किसने मारा...किसने?"

"अरे कौन मारता...पड़ोसी ही दुश्मन बन बैठा। मैंने इस अनन्ता से घेर की बात आज शाम फिर चलाई थी...कुछ देर पहले वह लाठी लेकर धमकाने आ गया। बापू उस समय पेशाब करने जाने के लिए उठा था। मैंने अनन्ता को कहा आगे चर्चा नहीं करूँगा, लेकिन वह मेरी आवाज सुनते ही भड़क उठा। उसने मुझे निशाना साध लाठी चलाई। मैं हट गया। बाहर सड़क पर आ गया। पत्नी कोठरी में जा घुसी। अरे, मुझे क्या पता था कि वह मेरे बीमार बापू पर

टूट पड़ेगा। उसने ताबड़-तोड़ लाठियाँ उन पर भाँज डालीं...हाथ-पैर तोड़ दिए उनके।'' मंगतराम पिता की लाश से चिपक गया। देर तक रोता रहा, फिर लड़खड़ाता-सा खड़ा हो बोला, ''आप सबको यकीन न हो तो उसके घेर में देख लो...जाते हुए उसने लाठी घेर में फेंक दी थी।'' वह फिर रोने लगा, हाय मेरे बापू...मैं तुम्हें बचा न पाया। एक राक्षस ने तुम्हारी जान ले ली...बापू जब तक उसे फाँसी के फन्दे तक न पहुँचाया, मुझे चैन नहीं मिलेगा।'' वह चीख रहा था।

पुलिस आई। अनन्त मिश्र गिरफ्तार हुआ। मंगतराम ने थानेदार को चालीस हजार रुपये दिए थे। पोस्टमार्टम रिपोर्ट में लिखा गया कि लाठी के प्रहार से ही हाथ-पैर टूटे थे, लेकिन सन्तराम की मृत्यु प्रहार से पहले हुई थी। या बाद में इस विषय में कुछ नहीं कहा गया था। इसके बाद की कहानी छोटी है। छोटी इसलिए कि मंगतराम ने अनन्त के सामने फिर एक प्रस्ताव भेजा था...अनन्त ने समझौता करना उचित समझा था। समझौता गुप्त था, जिसमें केवल थानेदार शामिल हुआ था। थानेदार ने अनन्त से चालीस हजार लेकर एफआईआर बदल दी थी। और मंगतराम...उसने जैसा चाहा था वही करना पड़ा था अनन्त को। चार बीघा खेत और घेर की मुफ्त रजिस्ट्री शामिल थी उसमें।

''चाच्चा...कभी आप मेरे गरीबखाने में आएँ।'' मंगतराम बोला तो वह चौंके थे।

''हुँह...।'' जनार्दन शाह इतना ही बोल पाए।

''यह रहा मेरा पता...सेक्टर बासठ में है कोठी,'' उसने विजिटिंग कार्ड निकालकर देते हुए कहा, ''नोएडा दूर नहीं है। चाच्चा...आप आदेश देंगे तो गाड़ी भेजवा दूँगा।''

जनार्दन ने उसकी ''कोठी'' शब्द पर गौर किया था। ''बताऊँगा'' बुदबुदाए थे जनार्दन।

''फिर मिलते हैं...चाच्चा।'' गाड़ी में धँसता हुआ मंगतराम बोला और सर्र की आवाज के साथ गाड़ी दौड़ गयी थी। वह कुछ देर तक ट्रैफिक के बीच गुम होती उसकी गाड़ी को देखते रहे। फिर 'पिच्च' से सड़क पर थूक फुटपाथ पर चढ़ गये थे।

हादसा

पर्यावरण के सम्बन्ध में उसे इंडिया इंटरनेशनल सेंटर में वक्तव्य देना था। हारवर्ड विश्वविद्यालय से 'पर्यावरण प्रबन्धन' की उपाधि लेकर जब एक साल पहले वह स्वदेश लौटा, सरकार के पर्यावरण विभाग ने उसकी सेवाएँ लेने के लिए कई प्रस्ताव भेजे, लेकिन स्वयं कुछ करने के उद्देश्य से उसने सरकारी प्रस्तावों पर उदासीनता दिखाई। वह जानता है कि ऐसी किसी संस्था से बँधने से उसकी स्वतंत्रोन्मुख सोच और विकास बाधित होंगे। वह स्वयं को अपने देश तक ही सीमित नहीं रखना चाहता, बावजूद इसके कि वह अपना सर्वश्रेष्ठ देश के लिए देना चाहता है।

पार्किंग से गाड़ी निकालते समय पिता ने पूछा, "अमि, (उसका पूरा नाम अमित है) कब तक लौट आओगे?"

"दो घंटे का सेमीनार है बाबूजी...नौ तो बज ही जाएँगे।"

पिता चुप रहे, लेकिन वह सोचे बिना नहीं रह सका, "अवश्य कोई बात है, वर्ना बाबूजी उसके आने के विषय में कभी नहीं पूछते।"

गेट से पहले गाड़ी रोक वह उतरा और "कोई खास बात बाबूजी?" पूछा।

"हाँ...आँ..." बाबू जी मन्द स्वर में बोले, "मेरा मित्र अमृत है न!...उसकी बेटी की शादी है...रोहिणी में..."

"सेमीनार खत्म होते ही निकल आऊँगा।"

"तुम परेशान मत होना। मैं ऑटो ले लूँगा..." बाबूजी ने सकुचाते हुए कहा।

"कार्यक्रम आठ बजे समाप्त हो जाएगा। लोगों से बिना मिले निकल आऊँगा...यहाँ पहुँचने में एक घंटा तो लग ही जाएगा, आप ऑटो के चक्कर में नहीं पड़ेंगे...मैं आ जाऊँगा।" उसने पिता को बाय किया और गाड़ी स्टार्ट कर सड़क पर उतर गया।

अमित जब हारवर्ड पढ़ने गया था, माँ जीवित थीं। पिता रेल मन्त्रालय से निदेशक पद से अवकाश प्राप्त कर चुके थे। माँ-बाप का वह इकलौता बेटा था। उन लोगों ने कभी अपनी इच्छाएँ उस पर नहीं थोपीं, लेकिन उसने भी उन्हें कभी निराश नहीं किया। हारवर्ड जाने के एक वर्ष बाद ही माँ का निधन हो गया। पिता अकेले रह गये। पटेल नगर के तीन सौ वर्ग गज के उस मकान में नितान्त एकाकी। उसने वापस लौटने की इच्छा व्यक्त की, लेकिन पिता ने पहली बार उसे सख्त न्याय सुनाया, मेरे लिए लौटने की बात तुम्हारे दिमाग में आई कैसे अमि...अपनी शिक्षा पूरी करो...।'' कुछ देर तक चुप रहे थे बाबूजी और वह सिर झुकाए उनके सामने बैठा रहा था। तब वह माँ के दसवें पर आया था।

''तुम्हें दूसरों से कुछ अलग करना चाहिए...अलग बनना चाहिए। मेरे लिए अगले दस वर्षों तक तुम्हें सोचने की आवश्यकता नहीं है। नौकरी से अवकाश ग्रहण किया है शरीर और मन से नहीं। तुम्हारी माँ थी तो अधिक बल था, लेकिन...'' पिता फिर चुप हो गये थे। अतीत में खो गये थे वह। कुछ देर की चुप्पी के बाद वह धीमे स्वर में फिर बोले, ''तुम्हें कुछ ऐसा करना है जिससे देश-समाज, देशान्तर को लाभ पहुँचे। नौकरी सभी कर लेते हैं, लेकिन दुनिया उससे आगे भी है।''

अमित चुपचाप पिता की ओर देखता रहा था।

पढ़ाई समाप्त कर लौटने के बाद पिता ने केवल एक बार पूछा, ''क्या करना चाहते हो?''

''फिलहाल नौकरी नहीं...अपना कुछ करने के विषय में सोच रहा हूँ।''

''अपना... ?''

''पर्यावरण सम्बन्धी एक संस्था स्थापित करना चाहता हूँ...''

''हुँह...''कुछ देर की चुप्पी के बाद...कुछ सोचते हुए पिता बोले, ''अच्छा विचार है।''

संस्था को लेकर उसने देश के पर्यावरणविदों से सलाह करना प्रारम्भ कर दिया। इसके परिणामस्वरूप सरकारी और गैर सरकारी संस्थाओं ने पहले उसे अपने सेमिनारों में श्रोता के रूप में, फिर वक्ता के रूप में बुलाना प्रारम्भ कर दिया था।

सेमीनार खत्म होते ही वह निकलने लगा। चाहता था कि कोई उसे देखे, टोके-रोके, उससे पहले ही वह गाड़ी में जा बैठे, लेकिन वैसा हुआ नहीं। वह हॉल से बाहर निकला ही था कि सामने दिल्ली के प्रसिद्ध पर्यावरणविद डॉ. मुरलीधरन

टकरा गये।

"क्या खूब बोलते हो नौजवान!" पकी दाढ़ी और सफेद बालों में स्पष्ट वैज्ञानिक दिखनेवाले मुरलीधरन बोले, डॉ. सुनीता नारायण को तुम जैसे युवकों से परामर्श लेना चाहिए।"

"सर, वह बहुत विद्वान हैं...विश्व में उनकी पहचान है। मैं तो अभी..."

"यही न कि अभी कम उम्र-कम अनुभवी हो!" ठठाकर हँसे मुरलीधरन तो वह संकुचित हो उठा।

दोनों देर तक चुप रहे। अन्ततः कुछ सोचकर, शायद यह भाँपकर कि उसे चलने की जल्दी है, मुरलीधरन बोले, "ओ.के. यंगमैन, हम फिर मिलेंगे।"

"जी सर।" वह गाड़ी की ओर बढ़ा यह सोचते हुए कि अनुभवी लोग चेहरे से ही अनुमान लगा लेते हैं कि कोई क्या सोच रहा है।

वह सामान्य गति से गाड़ी चला रहा था, कभी तेज गाड़ी चलाता भी नहीं वह। दिल्ली की सड़कें और ट्रैफिक की अराजकता...वह पैंतालीस-पचास तो कहीं-कहीं बीस-तीस की गति से चला रहा था। तालकटोरा स्टेडियम के पास गोल चक्कर पर ट्रैफिक कुछ अधिक था। उसकी गाड़ी रेंग-सी रही थी। तभी उसके बगल में हट्टा-कट्टा लगभग बत्तीस वर्ष के युवक ने अपनी पल्सर रोकी और चीखता हुआ बोला, "गाड़ी चलानी नहीं आती? गाड़ी (मोटरसाइकिल) को टक्कर मार देता अभी।"

वह भौंचक था, क्योंकि उसकी जानकारी में कुछ हुआ ही नहीं था। उसने धीमे और सधे स्वर में, जैसा कि उसका स्वभाव था, कहा, "टक्कर लगी तो नहीं!"

वह कुछ समझ पाता उससे पहले ही मोटर साइकिल सवार ने मोटरसाइकिल आगे बढ़ाकर उसकी कार के आगे लगा दी। वह गोल चक्कर पारकर शंकर रोड चौराहे की ओर कुछ कदम ही आगे बढ़ा था। उसने गाड़ी रोक दी। मोटरसाइकिल सवार युवक उसकी ओर झपटा। वह कुछ समझ पाता उससे पहले ही उसने उसे गाड़ी से बाहर खींचा और फुटपाथ की ओर घसीटने लगा।

"बात क्या है...आप ऐसा क्यों कर रहे हैं?" विरोध करता हुआ वह उसकी मजबूत पकड़ के समक्ष अपने को असहाय पा रहा था।

"तेरी माँ की...बताता हूँ कि बात क्या है...मादर...के कहता है कि लगी तो नहीं..." युवक का झन्नाटेदार तमाचा उसके गाल पर पड़ा। वह लड़खड़ा गया। उसे चक्कर-सा आ गया। जब तक वह सँभलता मोटरसाइकिल सवार का

दूसरा तमाचा उसके दूसरे गाल पर पड़ा।

पैदल चलने वालों की भीड़ इकट्ठा हो गयी, लेकिन कोई भी वाहन वाला नहीं रुका। भीड़ मूक दर्शक थी और मोटर साइकिल सवार युवक दरिन्दे की भाँति उस पर लात-घूँसे बरसा रहा था। लगभग अधमरा कर उसने उसे छोड़ दिया और फुटपाथ से नीचे उतरकर घूरकर उसे देखने लगा। अमित फुटपाथ पर पसरा हुआ था...निस्पन्द। भीड़ में कुछ लोग अपनी राह चल पड़े थे। कुछ खड़े थे...लेकिन उनमें अभी भी साहस नहीं था कि वे अमित को उठा सकते, क्योंकि मोटर साइकिल सवार वहीं खड़ा था अमित को घूरता हुआ।

लगभग दस मिनट बाद उसने आँखें खोलीं और किसी प्रकार उठकर बैठा। बैठते ही उसका हाथ मोबाइल पर गया। उसका दिमाग, जो सुन्न था, अब काम करने लगा था। पिता को यह बताने के लिए कि पहुँचने में उसे कुछ देर हो जाएगी, वह उनका नम्बर मिलाने लगा। उसे नम्बर मिलाता देख मोटर साइकिल सवार झपटकर फुटपाथ पर चढ़ा और उससे मोबाइल छीनते हुए उसके जबड़े पर मारकर चीखा, ''धी के...पुलिस को फोन करता है...स्साले इतने से ही सबक ले...शुक्र मना कि बच गया...'' उसने अमित का फोन अपनी जेब के हवाले किया, मोटर साइकिल स्टार्ट की और अमित के इर्द-गिर्द खड़े लोगों को हिकारत से देखता हुआ तेज गति से शंकर रोड चौराहे की ओर मोटर साइकिल दौड़ा ले गया।

अमित फिर फुटपाथ पर लेट गया। भीड़ फुसफुसा रही थी।

''अस्पताल ले जाना चाहिए...''

''कैसा दरिन्दा था! रुई की तरह धुन डाला...''

''पुलिस को फोन करना चाहिए।''

''पुलिस के लफड़े में पड़ना ठीक नहीं।''

''वह कोई गुंडा था!''

''दिल्ली में ऐसे लोगों की संख्या बढ़ती जा रही है...''

''दिल्ली गुंडों...बाइकर्स के आतंक में जी रही है और पुलिस असहाय है।''

''भाई पुलिस वालों के वे साले जो लगते हैं...हफ्ता पुजाते हैं। असहाय-वसहाय कुछ नहीं है...जिसने हफ्ता नहीं दिया...हवालात उसके लिए है।'' एक दूसरी आवाज थी।

''राम सेवक...तुम्हें गाड़ी चलानी आती है न!'' किसी ने अपने साथी से पूछा।

''आती है।''

''फिर हम दोनों इन्हें राममनोहर लोहिया अस्पताल ले चलते हैं...इन्हीं

की गाड़ी में..."

अमित सभी को सुन रहा था। उसने आँखें खोलीं। दो लोग उसके ऊपर झुके हुए थे। दूसरे कुछ हटकर खड़े थे।

"बाबू...हम आपको अस्पताल पहुँचा देते हैं।"

अमित चुप रहा।

"हाँ, आपकी ही गाड़ी से..."

"धन्यवाद।" अमित फुसफुसाकर बोला, "आप लोग कष्ट न करें...मैं ठीक हूँ।"

रामसेवक और उसका साथी एक-दूसरे के चेहरे देखते कुछ देर खड़े रहे, फिर बिड़ला मन्दिर की ओर मुड़कर चले गये। दूसरे ने पहले ही जाना प्रारम्भ कर दिया था।

लगभग पन्द्रह मिनट बाद अमित ने साहस बटोरा और उठ बैठा, सिर अभी भी चकरा रहा था। उसे चिन्ता हो रही थी उसकी प्रतीक्षा करते बाबूजी की। वह अपने को रोक नहीं पाया। आहिस्ता से फुटपाथ से नीचे उतरा, गाड़ी में बैठा और चल पड़ा। एक्सीलेटर, ब्रेक और क्लच पर पैर ढंग से नहीं पड़ रहे थे। फिर भी वह धीमी गति से गाड़ी चलाता रहा।

राजेन्द्र नगर की रेड लाइट तक पहुँचने में उसे काफी समय लगा। चौराहा पार कर वह किसी पी.सी.ओ. से पिता को फोन करना चाहता था, लेकिन जैसे ही वह रेड लाइट के निकट पहुँचा, वहाँ का दृश्य देख उसे चक्कर-सा आता अनुभव हुआ। रेड लाइट से कुछ पहले बाईं ओर एक मोटरसाइकिल पड़ी हुई थी और उससे कुछ दूर एक युवक के इर्द-गिर्द खड़े कई लोग पुलिस को कोस रहे थे।

उसने सड़क किनारे गाड़ी खड़ी की उतरा। कुछ देर पहले अपने साथ हुआ हादसा उसके दिमाग में ताजा हो उठा, "तो यह उस युवक का नया शिकार था।" उसने सोचा और धीमी गति से आगे बढ़ा। चोट के कारण वह तेज नहीं चल पा रहा था।

"टक्कर इतनी जबरदस्त थी...शुक्र है कि गाड़ी इसके ऊपर से नहीं गुजरी।" भीड़ में कोई कह रहा था।

"किस गाड़ी ने टक्कर मारी?" कोई पूछ रहा था।

"ब्लू लाइन बस थी...मैंने देखा...मैं उस समय उधर पेशाब कर रहा था।" कहने वाले ने हाथ उठाकर पेशाब करने की जगह की ओर इशारा किया। "तेज

आवाज हुई तो मैंने मुड़कर देखा।'' बोलनेवाला क्षणभर के लिए रुका, ''बस ने टक्कर मारी भाई जान! मोटरसाइकिल इतनी तेज थी...इतनी...रहा होगा ये सौ से ऊपर की स्पीड में...यही टकराया बस से और मोटरसाइकिल इधर और यह उधर...बच गया। लेकिन चोट बहुत है।''

अमित आगे बढ़ा।

''कितनी देर हुई?'' उसने एक व्यक्ति से पूछा।

''यही कोई आध घंटा...''

''आध घंटा...और आप लोग खड़े इसे देख रहे हैं? पुलिस को किसी ने सूचित किया?'' वह यह कह तो गया लेकिन तत्काल सोचा कि अपरिचित राहगीरों से उसे इस प्रकार नहीं बोलना चाहिए था।

अमित के प्रश्न पर मौन छा गया था। कुछ देर बाद किसी की बुदबुदाहट सुनाई दी, ''पी.सी.आर. वैन यहीं खड़ी रहती है...आज नदारद है।''

''पुलिस को फोन करके कौन मुसीबत मोल ले।'' भीड़ में कोई और बुदबुदाया।

अमित चुप रहा। वह घायल युवक के पास पहुँचा और उसे देख भौंचक रह गया। वह वही युवक था जिसने कुछ देर पहले अकारण ही बुरी तरह उसे पीटा था।

''मैं इसे अस्पताल पहुँचाऊँ?'' अमित के मन में विचार कौंधा।

कदापि नहीं। लेकिन तभी अन्दर से एक आवाज आई, ''अमित, तुम्हें दूसरों से कुछ अलग करना है...अलग बनना है,'' यह पिता की आवाज थी।

''मैं इसे अस्पताल पहुँचाऊँगा...राममनोहर लोहिया अस्पताल पास में है।'' उसने निर्णय कर लिया और वहाँ एकत्रित लोगों से बोला, ''आप लोग इतनी सहायता करें कि इसे उठाकर मेरी गाड़ी में पीछे की सीट पर लेटा दें। इसे अस्पताल ले जाऊँगा।''

''मैं भी आपके साथ चलता हूँ।'' एक व्यक्ति बोला।

''आप परेशान न हों...केवल गाड़ी में इसे लेटा दें...बस...''

अस्पताल में जिस समय इमरजेंसी के सामने उसने गाड़ी रोकी मोटर साइकिल सवार को होश आ गया। उसे देख कराहते हुए वह चीखा, ''तुम...तुम...ऽऽऽ'' और वह फिर बेहोश हो गया था।

बस में लड़की

वह आकाशवाणी बस स्टैंड से चढ़ी थी। उसने बदरपुर बॉर्डर की टिकट ली थी। वह सुन्दर थी। उसकी आँखें बड़ी गोल, गर्दन सुराहीदार, मुँह छोटा-चुकरिया जैसा, नाक सुती हुई, शरीर स्लिम, रंग साफ और उम्र लगभग चौबीस वर्ष। कन्धे से लटकता बैग, जिसे भीड़ से बचाती-खिसकती वह बीच तक जा पहुँची। दो प्रौढ़ाएँ महिलाओं वाली सीट पर बैठी थीं। वह उन्हीं के सामने डंडा पकड़ खड़ी हो गयी। कुछ क्षण बाद ही भीड़ में हलचल-सी हुई।

"सँभल के भाई...बूढ़ा शरीर है..."

"ओह पैर कुचल दिया!"

"क्या मुसीबत है!"

"कैसी जवानी है!"

डंडा पकड़े झूलते या भीड़ में किसी प्रकार अपने को साधे लोगों के हवा में तैरते स्वर थे, लेकिन वे तीनों उस सबसे अप्रभावित लोगों को धकियाते आगे खिसकते गये और उस युवती के निकट जा पहुँचे। लड़की के अगल-बगल एक युवक और एक प्रौढ़ खड़े थे। उनमें से एक जो छह फुटा कल्लेदार बाँहों और चौड़े चेहरे वाला, किसी अखाड़े के पहलवान से अधिक किसी फिल्म के खलनायक-सा दिख रहा था, लड़की के दाहिनी ओर खड़े युवक को धकिया उसके स्थान पर खड़ा हो गया। दूसरा, जो उससे दो-तीन इंच छोटा, उसका हमउम्र, लेकिन शरीर में कुछ हल्का था, लड़की की बाईं ओर खड़े प्रौढ़ और लड़की के मध्य जगह बनाने में सफल हो गया था।

तीसरा, जिसने चश्मा पहन रखा था और जिसके चेहरे पर हल्की दाढ़ी थी, लड़की के पीछे खड़ा हो गया। बस की सवारियाँ देख रही थीं कि एक प्रकार से तीनों ने लड़की को घेर लिया था। कुछ सवारियों ने आपस में खुस-फुस भी की, लेकिन किसने किससे क्या कहा समझना कठिन था।

तीनों से अपने को घिरा देख लड़की में कसमसाहट, चेहरे पर खिन्नता,

बेचारगी और बेचैनी उभर आई थी।

लड़की ने महिलाओं के आगे का डंडा पकड़ रखा था, लेकिन एक हाथ से सन्तुलन बनाए खड़ा रहना कठिन हो रहा था। सफदरजंग एयरपोर्ट के पास पुल चढ़ते समय तेज झटका लगा और खड़ी अधिकांश सवारियों का सन्तुलन बिगड़ गया। लड़की भी आगे की ओर झुकी। छः फुटे ने उसे कन्धे के पास पकड़ लिया। लड़की सँभलकर सीधा खड़ी हो गयी। युवक ने डंडे पर रखे लड़की के हाथ पर अपना हाथ रख दिया। लड़की कसमसाई और किसी प्रकार युवक के हाथ के नीचे से अपना हाथ निकालकर बिना किसी सहारे के खड़ी हो गयी।

छः फुटे ने साथी की ओर देखा और मुस्कराया।

भीड़ की आँखों में वह दृश्य तैर गया। कुछ जोड़ी आँखें उन पर स्थिर हुईं, कुछ खिड़कियों से बाहर देखने लगीं, कुछ ने एक-दूसरे की ओर देखा और नीचे झुक गयीं। लड़की ने आगे बढ़ने की कोशिश की, लेकिन तीनों ने उसे यों घेर रखा था कि वह अपने को बेहद विवश और फँसी हुई पा रही थी।

तभी आई.एन.ए. बस स्टॉप आ गया। एक प्रौढ़ा को अगले स्टैंड पर उतरना था। वह खड़ी हुई तो लड़की को राहत मिली। दूसरी प्रौढ़ा खिड़की की ओर खिसक गयी। लड़की बैठ गयी। छः फुटा अब बिल्कुल उसकी सीट से चिपककर खड़ा हो गया, कुछ झुका-सा। उसके दोनों साथी उसके अगल-बगल बॉडीगार्ड की भाँति खड़े रहे।

साउथ एक्स स्टैंड निकलते ही छः फुटे ने दाहिना हाथ लड़की के कन्धे के पास टिका दिया। लड़की सिकुड़ी और साथ बैठी प्रौढ़ा की ओर खिसकी, लेकिन अधिक गुंजाइश न थी। प्रौढ़ा का शरीर भारी था और एक सवारी से अधिक स्थान उसने घेर रखा था। लड़की के सिकुड़ने और खिसकने से छः फुटे को उसकी ओर खिसककर खड़ा होने के लिए अधिक जगह मिल गयी। अब वह पूरी तरह लड़की पर झुक गया था। उसके दोनों साथी उसके दोनों ओर पूरी मुस्तैदी से तैनात हो गये थे। लड़की के साथ बैठी प्रौढ़ा खिड़की से बाहर देखने लगी थी। छः फुटे के अधिक झुक जाने से लड़की ने अपने को और समेटकर प्रौढ़ा की ओर खिसकाने का प्रयत्न किया, लेकिन वैसा सम्भव न था।

बस में फुसफुसाहट तेज हो गयी थी। कंडक्टर उचटती नजर उन तीनों पर डाल टिकट काट रहा था और "आगे खिसकते रहिए..." कहता जा रहा था।

वह कंडक्टर की साथ वाली सीट पर बैठे थे और लगातार छः फुटे की

गतिविधियाँ देख रहे थे। उनके दाँत भिंचे हुए थे और अन्दर घुमड़ते तूफान पर कमजोर शरीर का अहसास उन्हें नियन्त्रित रहने के लिए विवश कर रहा था। उन्होंने बस में चारों ओर दृष्टि घुमाई। लाजपतनगर में कई सवारियाँ उतर चुकी थीं। उन तीनों के अतिरिक्त चार अन्य सवारियाँ ही खड़ी थीं। बस में आगे से पीछे तक उन्होंने देखा। अब सभी निर्विकार-निरपेक्ष थे। आपसी फुसफुसाहट न थी, लेकिन कनखियों से जब-तब छ: फुटे की ओर देखते और तुरन्त सामने बोनट की ओर या खिड़की से बाहर देखने लगते।

'पूरी बस को ही लकवा मार गया है। सभी नपुंसक हो गये हैं। एक राक्षस उस लड़की की इज्जत लूटने पर उतारू है और लोग यों बैठे हैं जैसे कुछ हो ही नहीं रहा।' उन्होंने सोचा, 'लेकिन तुम भी तो उन्हीं जैसे हो रघुबर दयाल। सभी सोच रहे होंगे कि कोई पहल करे तो वे भी बोलें। सभी को अकेला पड़ जाने का खतरा सता रहा होगा। दूसरे यात्री न बोलें तो ये तीनों उसकी जो दशा बनाएँगे...शायद यही भय होगा। लेकिन यह अनर्थ अधिक नहीं देखा जा रहा। छ: फुटे का हौंसला बढ़ा हुआ है और वह लड़की से और सटकर खड़ा हो गया है।' वह क्रुद्ध आँखों से कभी छ: फुटे को तो कभी मूक बैठी सवारियों को देखते रहे और अन्दर उफनते उबाल को रोकने का प्रयत्न करते रहे।

छ: फुटे ने दाहिना हाथ लड़की के कन्धे से नीचे खिसका दिया। कुछ देर तक वह लड़की के उरोजों पर उँगलियाँ फिराता रहा। लड़की का शरीर काँपने लगा और वह अपने को और सिकोड़ने-समेटने का असफल प्रयत्न करने लगी। बस में अनपेक्षित सन्नाटा था...भयानक मुर्दनी। बस आश्रम पुल के नीचे से मथुरा रोड की ओर मुड़ रही थी। मुड़ते समय हल्का-सा बाईं ओर को झुकी। लड़की के साथ बैठी प्रौढ़ा का सन्तुलन किंचित बिगड़ा। लड़की छ: फुटे की ओर थोड़ा खिसकी। छ: फुटे ने उसके कुर्ते के नीचे उँगलियाँ फँसा दीं। अब उसकी उँगलियाँ ब्रा के नीचे साँप की भाँति रेंगने लगी थीं। लड़की ने कन्धे समेट प्रौढ़ा की ओर देखा, लेकिन वह खिड़की से बाहर देखती ठस बैठी थी।

आश्रम में कुछ और सवारियाँ उतरीं। कुछ चढ़ीं भी। कुछ सीटें खाली हो चुकी थीं, लेकिन छ: फुटे और उसके साथी वहीं जमे रहे। छ: फुटे ने अब हाथ लड़की के कुर्ते के नीचे डाल दिया। अब वह लड़की के दाहिने उरोज को पूरी ताकत से दबाने लगा था। लड़की पीड़ा से छटपटा-कसमसा रही थी। एक बार उसने उठने का प्रयत्न किया, लेकिन छ: फुटे की जाँघों का दबाव उसके कन्धे पर था। वह उठ नहीं पाई। छ: फुटे के हाथ का दबाव जब बर्दाश्त से बाहर हो गया, वह चीख उठी। उसकी चीख से साथ बैठी प्रौढ़ा ने अपनी मोटी गर्दन

घुमा एक बार छः फुटे की ओर देखा, उदासीन-सी दृष्टि लड़की पर डाली और पुनः पुरानी मुद्रा में बाहर की ओर देखने लगी।

लड़की की चीख से रघुवर दयाल अपने को रोक नहीं पाए। उठ खड़े हुए और चीखे, "कमीनों...कुत्ते की औलादों...बाज आओ अपनी हरकतों से..."

बस की सवारियाँ उनकी ओर देखने लगीं, लेकिन बोला कोई नहीं।

"आप सब मेरी ओर क्या देख रहे हैं? सभी मिलकर इस गुंडागर्दी को रोकते क्यों नहीं?" वह अपने शब्दों की प्रतिक्रिया लोगों के चेहरों पर देखने का प्रयत्न कर रहे थे, लेकिन लोगों के चेहरे भावशून्य-मृतप्राय थे।

छः फुटे ने घूरकर रघुवर दयाल की ओर फिर साथियों की ओर देखा, "स्साला बुड्ढा...तीसमार खाँ बनता है।" साथियों से वह बोला।

"हुकम करो गुरु...उठाकर बस से नीचे फेंक दें!" छः फुटे के दोनों साथी एक स्वर में बोले।

"छोड़ो यार।" लापरवाही प्रदर्शित करता छः फुटा बोला, "भुनगा है। भुनभुनाकर चुप हो जाएगा।" छः फुटे ने साथियों को समझाया और लड़की के उरोजों पर हाथ का दबाव जारी रखा।

लड़की के चेहरे पर पीड़ा और बेबसी के भाव स्पष्ट थे।

रघुवर दयाल कंडक्टर की ओर मुड़कर बोले, "बस को थाने ले चलो।"

कंडक्टर ने उनकी बात अनसुनी कर दी और निर्विकार बैठा रहा। वह बैठ गये। उनके दिमाग में रील दौड़ने लगी। उनकी बेटी राधा भी उस लड़की की ही उम्र की है। उन्हें लगा वह राधा ही है और वह कितना अवश-विवश है।

प्रौढ़ा अपोलो अस्पताल के स्टैंड पर उतरने के लिए खड़ी हुई तो लड़की ने भी वहीं उतरने का प्रयत्न किया, लेकिन छः फुटे ने उसके कन्धे को इतने जोर से दबाया कि एक चीख के साथ वह बैठ गयी और रोने लगी। छः फुटे ने दाहिना हाथ अलग कर लिया और लड़की के बगल में यों बैठ गया जैसे कुछ कर ही नहीं रहा था। उसने बायाँ हाथ पीछे की ओर से फैलाकर लड़की के बाएँ कन्धे के पास रख लिया।

रघुवर दयाल के मन में उथल-पुथल जारी थी और वह लगातार सड़क पर नजर दौड़ा रहे थे कि कोई पीसीआर दिखाई दे तो चीखकर बस रोकवा लें, लेकिन उन्हें कोई पुलिस वैन दिखाई नहीं दी।

रघुवर दयाल के अन्दर उदासी पसर गयी। उन्हें जैतपुर मोड़ पर उतरना था। 'क्यों न बॉर्डर तक जाऊँ। लड़की ने वहाँ तक की टिकट ली है। वहाँ शायद कोई पीसीआर खड़ी हो।' उन्होंने सोचा। 'और न हुई तो! ये गुंडे और मैं

अजार-बीमार...क्या कर लूँगा इनका? इनकी नीयत ठीक नहीं दिखती। ये कुछ भी कर सकते हैं। दिल्ली में लड़कियाँ सुरक्षित नहीं रहीं। पिछले दिनों एक के बाद एक कितने ही हादसे हुए। स्विस लड़की का बलात्कारी अभी तक पुलिस की पहुँच से बाहर है। अब बस में सवारियाँ भी अधिक नहीं रहीं, लेकिन मुझे कुछ करना ही चाहिए। उतरकर पीसीओ से सौ नम्बर पर सूचना देनी चाहिए।' उन्होंने मन में निश्चय कर लिया कि यही उचित होगा।

बस से उतरते समय एक दृष्टि लड़की, फिर छः फुटे और उसके साथियों पर डाल वे चैतपुर मोड़ पर उतर गये।

"नमस्कार...कंट्रोल रूम।" सौ नम्बर पर रिंग करते ही भारी-सी आवाज उनके कानों से टकराई।

"सर, बदरपुर बॉडर्र की बस नं...।" रघुवर दयाल इतना ही कह पाए कि उधर से पूछा गया। आप कौन बोल रहे हैं।

"जी...जी...मैं..."

"कहाँ से बोल रहे हैं?" दूसरा प्रश्न उधर से उछला।

रघुवर दयाल तत्काल उत्तर नहीं दे पाए।

"हमारा समय क्यों खराब कर रहा है!" हरियाणवी आवाज में उधर से कहा गया और रघुवर दयाल कुछ कह पाते उससे पहले ही कनेक्शन कट गया। रघुवर दयाल बुझ गये। दुकान से निकलते समय दूर सड़क पर दौड़ती पीसीआर पर उनकी दृष्टि पड़ी, जिसके पीछे लिखा था, "हमेशा आपके लिए...आपके साथ।"

रघुवर दयाल उस लड़की के विषय में सोच और अधिक उदास हो चुके थे।

खतरा

बम्बे (नहर) के पुल से उतरते ही पगडंडी पर आ गया। परिचित टेढ़ी-मेढ़ी, केंचुल चढ़ी सर्पिणी-सी, रज्जू पासी के बाग और राजाराम, गुलाब सिंह के खेतों की मेड़ों से गुजरती वह पगडंडी गड़हा नाला पार कर हिरनगांव स्टेशन तक जाती थी। स्टेशन बम्बे से बमुश्किल एक मील था।

पगडंडी पर उतरने से पहले कुछ देर पुल पर खड़ा सोचता रहा था, "पगडंडी से जाना ठीक होगा या सड़क के रास्ते।" खतरा दोनों ही ओर हो सकता था। 'वह' कब कहाँ टकरा जाए, कहना कठिन था। पुल के नीचे बम्बा जहाँ विराम लेता था, तीन आदमी फावड़ों से कुचिला मिट्टी इकट्ठा कर रहे थे। पगडंडी से कुछ हटकर बैलगाड़ी खड़ी थी। नहर में पानी नहीं था और सड़ी मछलियों और कूड़े की गन्ध से नथुने फटने लगे थे। सोचा, उन लोगों से पूछ लेना चाहिए...कोई गया तो नहीं पगडंडी के रास्ते, लेकिन मैं अपने को कमजोर नहीं दिखाना चाहता था। चुप रहा।

रज्जू के बाग के पास पतली नाली थी, जिससे बहकर बम्बे का पानी पांडुनदी में जाता था। नाली के दोनों ओर शीशम के पेड़ थे। पेड़ों के तनों से सटी झाड़ियों के झुरमुट थे। बाग के बीच खिरनी का बूढ़ा पेड़ था। बचपन में उसकी पीली खिरनियाँ चोरी करते कितनी ही बार हमने रज्जू से डाँट खायी थी। मौसम होने पर भी पेड़ खाली फल रहित किसी पादरी की भाँति खड़ा था। अभी सुबह के नौ ही बजे थे, किन्तु गर्मी की तपिश महसूस होने लगी थी। खिरनी के पेड़ के पास रुककर पसीना पोंछा। चारों ओर नजर दौड़ाई। कोई आता-जाता नहीं दिखा। दूर-दूर तक नंगे खेत खड़े थे। सड़क के किनारे एक खेत में कुछ जानवर ठूठियाँ चिंचोड़ते दिखे। मेरी दृष्टि शीशम के पेड़ों के पास झाड़ियों की झुरमुट पर फँस गयी। सिर को झटका—"कितने पुराने हैं ये शीशम के पेड़...तपस्वियों की भाँति मौन-निर्द्वन्द्व खड़े।" मन को भयमुक्त करने के लिए ध्यान शीशम के दरख्तों पर केन्द्रित करना चाहा, किन्तु रह-रहकर आँखें झाड़ियों

के अन्दर कुछ टटोलने लगतीं। पैर आगे बढ़ने से इनकार करने लगे। लगा खतरा मात्र दस कदम की दूरी पर है। एक बार फिर इधर-उधर देखा, इस आशा से कि शायद कोई राहगीर दिखाई दे जाए, लेकिन सर्वत्र सन्नाटा। लगा, सभी ने पहले से ही खतरे को पहचान लिया था। अपने पर कोफ्त हुई। ''मुझे क्या पड़ी थी खेत देखने आने की और वह भी जून की प्रचंड तपिश में...जब खेत खाली थे।'' लेकिन, शहर से चलते समय ही मन में एक योजना थी...आनेवाली बरसात से गड़हा नाले के साथ के खेतों को समतल करवाकर मेड़ें बँधवाने की। अभी देखकर काम और खर्च का आकलन आवश्यक था। बँटाईदार की सूचना पर भरोसा नहीं था। गाँव से उखड़कर शहर में जा टिकने वाले मुझ जैसे लोगों की यह विवशता होती है...जब अवसर पाया गाँव आए और एक-दो दिन टिककर खेत-खलिहान का हिसाब निबटाया, बँटाईदार को काम सौंपा और फिर चार-छह महीनों के लिए गायब। न गाँव का मोह त्याग पाते हैं और न शहर की जिन्दगी। त्रिशंकु की भाँति बँटी जिन्दगी जीते लोग, गाँव आते ही कम समय में अधिक काम निबटा लेने की चिन्ता से ग्रस्त।

क्षण मात्र के लिए झाड़ी से हटा दिमाग उसमें हो रही हलचल से फिर वहीं स्थिर हो गया। लगा 'वह' मुझे ही निशाना बनाकर पोजीशन ले रहा है। हो सकता है, बीच का जामुन का पेड़ उसके लिए व्यवधान बन रहा हो। मुझे इस बात का लाभ उठाना चाहिए। खिरनी के पेड़ की ओट में जाकर नाक की सीध में गंगुआ तेली के बगीचे की ओर से सड़क की ओर भाग लेना चाहिए। सड़क पर तो लोग आ-जा रहे ही होंगे। सब मेरी तरह मूर्ख थोड़े ही हैं। अब यही एक उपाय था कि मैं उसके सम्भावित हमले से अपने को बचा सकता था। झाड़ी में अभी भी खुरखुराहट जारी थी और मेरा मस्तिष्क तीव्र गति से निर्णय के लिए सक्रिय हो उठा था, लेकिन तभी एक चितकबरा कुत्ता झाड़ी से सिर उचकाता दिखायी दिया। दिमाग ठहर गया, लेकिन मन आश्वस्त नहीं हुआ।

''उसकी कोई चाल हो सकती है।''

मेरे बँटाईदार गणपत ने गाँव में घुसते ही उसके विषय में जो कुछ बताया था, वह थर्रा देने वाला था।

''अपने शिकार पर'', गणपत ने कहा था, ''जिस पर वार करता है उसे 'वह' शिकार ही कहता है...और अपने शिकार पर वह इस खूबसूरती से झपटता है, जैसे तेन्दुआ...बचाव के लिए समय तक नहीं देता। आदमी सोच भी नहीं सकता कि दुबला-पतला, मरियल-सा दिखनेवाला 'वह' इतना खतरनाक हो सकता है।''

"पेशवर है?"

"न भइया...भले घर का भला लड़का...लेकिन...।"

"लेकिन क्यों?"

गणपत चुप रहा तो मैंने टोका, "चुप क्यों हो गये।"

मेरी ओर देखता हुआ वह बोला, "वही हर गाँव की एक ही कहानी...फूलत-फलत घर अउर पढ़त-लिखत लड़का गाँव के खुड़पेंची लोगन की आँखन मा चुभे लागत है। उई चाहत है कि सबै उनकी तरह गंवार-पिछड़े रहैं...बस, यही बात ओहके साथै भई। ऊ लड़का गाँव-वालेन के षडयन्त्र का शिकार हुआ अउर अब...ओह उनके खातिर खतनाक होई गवा है। हिरनगाँव के पाँच लोगन को निशाना बना चुका है।"

मैं सोचने लगा था गाँवों के बदलते चरित्र के विषय में। चालीस-पैंतालीस वर्ष पहले का गाँव आँखों के समक्ष उभरने लगा था। वीरभद्र तिवारी का बड़ा बेटा हरीश जब आठवीं की बोर्ड परीक्षा में जिले में तीसरा स्थान पाकर उत्तीर्ण हुआ तो सारे गाँव ने उसे सिर माथे पर बैठाया था। हरीश आठवीं से आगे पढ़ने वाला गाँव का पहला लड़का था। तिवारी गरीब ब्राह्मण थे...कथा-पत्रा बाँच गुजारा करनेवाले। बेटे को भी अपनी भाँति ही बनाना चाहते थे, किन्तु गाँव वालों ने उन्हें वैसा नहीं करने दिया था। जगत सिंह ने हरीश का बारहवीं तक का खर्च ओढ़ लिया था। गाँव पंचायत ने भी खर्च उठाने का जिम्मा ले लिया था। दो वर्ष तक हरीश ने सहायता ली, उसके बाद उसने ट्यूशन कर ली थी। हरीश पढ़कर इनकम टैक्स अधिकारी बना तो, गाँव के हर घर को लगा था कि उनके घर का ही कोई लड़का अफसर बना है। उस दौरान हरीश से प्रेरणा ले कई लड़के आगे आए थे और शहर जाकर अच्छी नौकरियों से जुड़े थे, लेकिन कुछ वर्षों तक ही चला था यह सिलसिला।

"अब तो 'वह' हर उस आदमी पर झपटन लगा है, जेहके पास कुछ होय की उम्मीद होती है।" गणपत बोला तो मैं अचकचाकर उसकी ओर देखने लगा। "आप आए हैं तो खेतन की तरफ जरूर जइहौ।"

मैंने स्वीकृति में सिर हिलाया।

"सँभल के जायो भइया...।"

"क्यों मुझे उससे क्या खतरा! वह तो मुझे जानता भी नहीं...फिर?"

"बतावा न...।" कुछ रुका गणपत, "अब सही-गलत की समझ नहीं रही ओहका। अउर लरिका ही तो ठहरा। उमिर ही का है ओहकी...अठारह-उन्नीस। शुरू मा अपने गाँव के उन लोगन को ही निशाना बनाया उसने, जिनके

कारण ओहका यो राह पकड़ैं का पड़ी। पर ऊ सब ठहरे काइयाँ...कई सरकि गये इधर-उधर। कुछ ते उसने मोटी रकमें उगाही...पर अब...अब रुपिया की कीमत अउर मौज-मस्ती की आदत...कुछ दिन ते उसने कई अपरिचितन पर भी हमला बोला...मझगाँव के ओहकी उमिर के तीन लरिका अब ओहके साथ मिलि गये हैं। ऊ तो पहले ते ही बदमाश रहैं...अब ओहके साथ उनकी नफरी अधिकौ बन रही है। लेकिन, दिन मा 'वो' रहत अकेले ही है अउर वारदात भी अकेले ही करत है...।''

कुत्ता झाड़ी से निकलकर पगडंडी पर स्टेशन की ओर चल पड़ा था। मुझे ऐसा लगा, जैसे कोई बड़ा हादसा होते-होते टल गया है। दिल की धड़कन धीमी होने लगी थी। शीशम के पेड़ के नीचे झाड़ियाँ शान्त दिखीं—स्थितप्रज्ञ। बम्बे के पुल पर उन तीनों आदमियों का शोर सुनाई पड़ा। कुचिला मिट्टी से भरी बैलगाड़ी पुल पर चढ़ नहीं पा रही थी। दो आदमी पीछे से गाड़ी को धकिया रहे थे और तीसरा बैलों को औगी से हाँक रहा था और बैल कन्धे झुकाए पूरी ताकत लगाकर एक कदम आगे बढ़ाते तो दो कदम पीछे खिसक जाते।

सामने ठुँठियाए खेतों पर नजर डाली। दूर-दूर तक खाली मैदान दिखा। गर्मी का प्रभाव बढ़ गया था और खेतों पर लहलहाती धूप आँखों में चुभ रही थी। हवा सनाका साधे हुए थी। पगडंडी पर निर्द्वन्द्व बढ़ता कुत्ता आँखों से ओझल होता जा रहा था। पास के आम के पेड़ पर कोयल कूक रही थी और मैं खेतों पर जाने-न-जाने के उहापोह में अभी भी फँसा हुआ था।

'उसका' भय मन में घर कर चुका था। खतरा टला नहीं था।

हिरनगाँव के जिस घर का था 'वह', गणपत के बताते ही उस घर के सदस्यों के चेहरे मेरी आँखों के सामने तैरने लगे थे। तीन भाइयों का परिवार था वह। शीतल, शिवमंगल और शिशुपाल पांडे। हिरन गाँव में ही नहीं आस-पास के दस गाँवों में वह 'पांडे परिवार' के नाम से जाना जाता था। उनके खेत स्टेशन से लगे हुए थे और उनमें अच्छी पैदावार होती थी। शीतल पांडे बजाजी करते थे और सप्ताह में दो बार पुरवामीर की बाजार में दुकान लगाते थे। मेरे घर के कपड़े उन्हीं की दुकान से आते थे और इसी कारण मैं उनके परिवार के विषय में जानता था। शीतल ने छोटे स्तर पर बजाजी शुरू की थी। साइकिल पर कपड़े लादकर बाजार आने वाले पांडे ने व्यावसायिक कुशलता और व्यवहार के कारण कुछ ही वर्षों में ताँगा खरीद लिया था। व्यापार चल निकला था, लेकिन शीतल

निःसंतान थे। इसका उन्हें दुःख भी नहीं था, क्योंकि उनके दूसरे भाई शिवमंगल के दो लड़कियाँ थीं। शिशुपाल के भी लम्बे समय तक कोई सन्तान नहीं हुई थी। शिवमंगल की लड़कियाँ सभी की सन्तानें थीं।

शिवमंगल पांडे दुधाई करते और शिशुपाल खेती। शिवमंगल सुबह फतेहपुर-कानपुर शटल से दूध लेकर कानपुर जाते और शाम आगरा-इलाहाबाद पैसेंजर से लौट आते। कुछ देर शिशुपाल के साथ खेतों में काम करवाते और दोनों भाई शाम ढलते घर लौटते। विवाह के लगभग पन्द्रह वर्ष पश्चात शिशुपाल को पुत्र हुआ। घर में इकलौता बेटा। सभी की नजरें उसी पर। एकमात्र वंशबेल। कोई कमी न रहे पालन-पोषण से लेकर शिक्षा तक में। संजय ने भी उन्हें निराश नहीं किया। इसी वर्ष इंटरमीडिएट में उसने जो सफलता प्राप्त की, वह आशा से कहीं अधिक थी और गाँव के कुछ लोगों को उसकी यही सफलता चुभने लगी। उन्होंने उसके जीवन में जहर घोल दिया।

वैसे तो पांडे परिवार की सम्पन्नता ही गाँव के कुछ लोगों की आँखों की किरकिरी बनी हुई थी। गाँव में सफल और सम्पन्न जीवन जीने के लिए जो बातें आवश्यक हो गयी हैं, पांडे लोग उनसे कोसों दूर थे। वे सीधी-सादी जिन्दगी जी रहे थे। वह नहीं भाँप पाए लाला अमरनाथ श्रीवास्तव के मनोभावों को। लाला कुछ वर्षों से राजनीति में सक्रिय थे। ग्रामप्रधान का चुनाव हुआ तो लाला भी प्रत्याशी थे। समर्थन के लिए पांडे के दरवाजे गये थे हाथ जोड़कर। चार लठैत साथ थे। लाला जानते थे कि जिसको पांडे का समर्थन मिलेगा, वही जीतेगा, क्योंकि पांडे परिवार की गाँव में पुरानी प्रतिष्ठा शेष थी और आज भी लोग उनकी बात मानते थे।

लाला अमरनाथ के पिता हिरनगाँव के जमींदार अयोध्या सिंह के कारिन्दा थे। जमींदार कानपुर में रहता था और गाँव में एक प्रकार से लाला के पिता की ही जमींदारी चलती थी। उनकी नीतियों के कारण गाँव वालों के मन में वह कभी नहीं चढ़े। जमींदारी खत्म हुई तो वह महाजन बन गये। सूद पर रुपया देकर मनमाना वसूलने लगे। लाला बड़े हुए तो पिता के व्यवसाय को आगे बढ़ाया। गरीब किसानों को लूटकर धन कमाया तो दुर्व्यसनों के शिकार होना स्वाभाविक था। सूद का व्यवसाय एक दिन बन्द हुआ तो लाला अमरनाथ ने आटा चक्की लगा ली। खुलकर खर्च करने वाले लाला सीमित आय में फड़फड़ाने लगे। उनकी नजर ग्राम प्रधानी पर जा टिकी, जिसका दोहन वह कर सकते थे, लेकिन विरोध में कल्लू चमार प्रत्याशी बन गया। गाँव में हरिजनों के आधे से अधिक वोट थे।

'मंडल' के बाद हरिजनों में जो चेतना आई थी, उससे वे अपने अधिकार पहचानने लगे थे। कल्लू को पांडे परिवार का मौन समर्थन है, यह खबर लाला अमरनाथ को थी। अनेक बार मिलने पर भी लाला को जब पांडे परिवार से समर्थन का स्पष्ट आश्वासन नहीं मिला, तब एक दिन मन के असन्तोष को शब्द देते हुए वह बोला था, "पंडित जी , इस बात को याद रखूँगा।"

चुनाव में कल्लू चमार जीता। पांडे के प्रति मन में गाँठ पड़ गयी थी लाला के, लेकिन पांडे परिवार लाला की मन की गाँठ को भाँप नहीं पाया। वे सहज थे—निश्चिन्त-निर्द्वन्द्व। तभी वह घटना घटी थी। संजय एक शाम लाला की चक्की पर गेहूँ पिसवाने गया। हिंगवा बौरिया भी ज्वार पिसवाने आया था। लाला उसे दो किलो आटा कम तोल रहा था। हिंगवा को दी पर्ची में लाला ने दो किलो कम लिखा था। हिंगवा अड़ गया। लाला ने उसके पिसान की बोरी सड़क पर फेंक दी और उस पर पिल पड़ा।

संजय से बर्दाश्त नहीं हुआ। उसने लाला को पीछे से दबोच लिया और हिंगवा को उससे मुक्त किया। संजय की मजबूत पकड़ से लाला तिलमिलाकर रह गया था। संजय पर आग्नेय दृष्टि डाल लाला चीखा था, "पांडे पुत्र तुमने मुझे पकड़कर अच्छा नहीं किया...।"

"चाचा गरीब पर हाथ चलाना मर्दानगी नहीं?"

"कल का छोकरा मुझे बताएगा कि मर्दानगी क्या होती है...तू मुझे बताएगा।" लाला का चेहरा क्रोध से विकृत हो उठा था।

लाला चीख ही रहा था कि दिन भर उसकी चक्की पर पत्ते खेलने और ठर्रा पीनेवाले पाँच लोग लाठी थामे आ धमके थे।

"का हुआ लाला...काहे चीख रहे हो?" सभी ने एक स्वर में कहा।

"होना क्या है...यो पांडे पुत्र ने अच्छे नम्बरों से इंटर क्या पास कर लिया, अभी से अपने को कलक्टर समझने लगा है...जानता नहीं कि लाला एक दिन में कलक्टरी पीछे के रास्ते निकाल देता है।"

"अरे मुँह तो हिलाओ लाला...कहो तो अबहीं...।"

"नहीं...हम खुद ही देख लेंगे।" लाला साथियों का बल पा अहंकार भरे स्वर में बोला।

संजय चुप रहा और अपना पिसान हिंगवा को देकर घर चला गया था।

और संजय ने जो नहीं सोचा था, वही हुआ था। किसी काम से वह नरवल जा

रहा था साइकिल से कि बीच रास्ते पुलिस ने उसे रोका था। इंस्पेक्टर के साथ तीन सिपाही थे। संजय ने उस इंस्पेक्टर को कई बार लाला अमरनाथ की चक्की पर देखा था। उसे थाने ले जाकर 'लॉकअप' में डाल दिया गया था। केस बनाया गया था उसके पास से स्मैक बरामद होने का। खबर मिलने पर सिर पीट लिया था पांडे परिवार ने। तीनों भाइयों के लिए यह हिला देनेवाली खबर थी। 'क्या उनका संजय ऐसा कर सकता है?' वे नहीं सोच पा रहे थे। उन्हें गत दिनों लाला के साथ संजय के विवाद की भनक भी न थी। संजय ने लाला की धमकी को गम्भीरता से नहीं लिया था। वह भी इसलिए कि एक सप्ताह बाद वह पढ़ने के लिए शहर जाने वाला था। उसने सोचा था कि लाला का गुस्सा उसके गाँव से जाते ही ठंडा हो जाएगा, लेकिन...।

कल्लू चमार के साथ तीनों पांडे थाने गये थे। पाँच हजार देने के बाद संजय छूट पाया था। संजय का इतनी जल्दी छूट जाना लाला अमरनाथ के लिए चुनौती थी। उसे थानेदार को दिए अपने दो हजार रुपये व्यर्थ होते दिखे रहे थे। वह दौड़ गया था थाने और दोबारा मुट्ठी गरमा आया था थानेदार की। पुलिस आ धमकी थी गाँव में तीसरे दिन ही। इस बार संजय पर केस बना था रिवाल्वर रखने और पड़ोसी गाँव में रात पड़ी डकैती में शामिल होने का। संजय तीन दिन बन्द रहा थाने में। यातना भी दी गयी थी उसे लगातार। इस बार दस हजार डकार गया था थानेदार। संजय को छोड़ते समय उसने शर्त लगायी थी कि वह एक महीने तक गाँव छोड़कर कहीं नहीं जाएगा और सप्ताह में दो बार थाने में हाजिरी देगा।

"हुजूर उसकी साल भर की पढ़ाई...।" तीनों पांडे गिड़गिड़ाये थे।

"मैंने जो कहा...अगर आपने नहीं सुना तो बताइए...!" खूँखार हो उठा था थानेदार।

संजय को चुप ले आए थे पांडे।

उसी रात लाला की चक्की पर गाँव के कुछ लोग इकट्ठा हुए थे। मुर्गे कटे थे और बोतलें खुली थीं।

"अच्छा सबक दिया स्साले को तुमने लाला...बड़ा बनता था।" ठहाकों के साथ जाम टकराए थे और जुबानें लड़खड़ाई थीं।

और उसी रात संजय ने अपना पहला निशाना साधा था लाला अमरनाथ के भतीजे पर। रिवाल्वर खाली कर दी थी। आँखों के समक्ष पसरे अँधेरे भविष्य ने उसे विचलित कर दिया था। वह जान चुका था कि गाँव में पुलिस अब उसे चैन से न बैठने देगी। और अपनी दुर्दशा के लिए जिम्मेदार लोगों के लिए वह रात के अँधेरे में घर से निकल पड़ा था।

संजय लाला की चक्की तक पहुँचता इससे पहले ही भतीजे की खबर मुर्गा चीथते-बोतलें खाली करते लोगों तक पहुँच गयी थी। हड़कम्प मच गया था। लोग भाग निकले थे, लेकिन तब भी दो को निशाना बना ही लिया था उसने। उन्हें घायल छोड़ वह लाला को ढूँढ़ता रहा था। लाला पुआल के नीचे छुप गया था।

उसके बाद लाला अमरनाथ और उसके साथियों के लिए आतंक का पर्याय बन गया था संजय। पुलिस ने पांडे परिवार को संजय की ओट में जमकर लूटा, किन्तु संजय उनके हाथ नहीं आया। पता चलने पर पुलिस संजय को स्टेशन की ओर खोजने जाती, जबकि संजय गाँव में लाला के किसी साथी पर निशाना साध रहा होता। पुलिस लौटती तब तक संजय गायब हो चुका होता।

गणपत ने कहा था, ''दो महीने से लुका-छुपी का खेल चल रहा है भइया। गाँव की राजनीति ने पांडे को तो तबाह ही कीन्हेसि अउरो घर बर्बाद हुई गये। अउर...।'' लम्बी साँसें खींची थी उसने, ''बदले की आग मा संजय ने जो किया सो तो समझ मा आवत है भइया...पर राह चलत लोगन को लूटि लेहिसि...यो ठीक न करी...'' गणपत का स्वर विचलित था।

''जब आदमी गलत काम करने लगता है...वह धीरे-धीरे विवेक खोता चला जाता है। संजय के साथ भी ऐसा ही हुआ है।''

गणपत मेरी ओर देखता रहा था।

रज्जू पासी के बाग से कुछ कदम आगे बढ़ा। दिमाग में विचार तीव्र गति से दौड़ रहे थे और उतनी ही तीव्र गति से नजरें खेतों में कुछ खोज रही थीं। रह-रहकर पीछे मुड़कर देख लेता था। एक पक्षी सामने से तेजी से उड़कर निकला तो अचकचा गया। पैर मेड़ से फिसल गया। गिरते-गिरते बचा। सँभला, पसीना पोंछा और धीरे-धीरे कदम घसीटने लगा। तभी देखा वह चितकबरा कुत्ता वापस लौटा आ रहा था।

''अवश्य आगे कुछ खतरा है। कुत्ता उस संजय को देख वापस लौट पड़ा है। जानवर खतरा भाँप लेते हैं।''

कुछ देर खड़े सोचता रहा। आगे बढ़ना कठिन लगा। तभी पीछे शीशम के नीचे झाड़ियों में खुरखुराहट हुई। क्षण भर सोचा, फिर गाँव की ओर मुड़कर कुछ देर सधे पैरों चला। रज्जू पासी का बाग पार होते ही दौड़ पड़ा। घर पहुँचकर ही राहत मिली।

दोपहर बाद गणपत ने आकर बताया, ''भइया दोपहर पुलिस के साथ मुठभेड़ मा संजय मारा गया। स्टेशन के पास खेतन मा हुई मुठभेड़...भइया बड़ा बुरा हुआ पांडेन के साथ।'' गणपत दुखी था।

गणपत की बात का उत्तर न देकर मैं सोचने लगा था कि अब खेतों की ओर जाना निरापद रहेगा।

❑❑❑

णाणं पयासयं

वीर नि.सं. 2470

ई.सन् 1944

भारतीय ज्ञानपीठ